대성
臺城

강 위에 비 흩뿌리고 강가의 풀은 가지런한데
육조의 영화는 꿈과 같고 새만 부질없이 울고 있다
무정한 것은 궁성에 늘어진 버드나무이건만
변함없이 연기처럼 십 리 제방을 감싸고 있다

江雨霏霏江草齊
六朝如夢鳥空啼
無情最是臺城柳
依舊煙籠十里堤

이름아강

一葦 正

일위강 3

일류 新무협 판타지소설

초판 1쇄 찍은 날 § 2006년 2월 17일
초판 1쇄 펴낸 날 § 2006년 2월 27일

지은이 § 일류
펴낸이 § 서경석

편집장 § 문혜영
편집책임 § 서지현
편집 § 이재권

펴낸곳 § 도서출판 청어람
등록번호 § 제1081-1-89호
등록일자 § 1999. 5. 31
어람번호 § 제2-0841호

주소 § 경기도 부천시 원미구 심곡1동 350-1 남성B/D 3F (우) 420-011
전화 § 032-656-4452　팩스 § 032-656-4453
http://www.chungeoram.com
E-mail § eoram99@chollian.net

ⓒ 일류, 2006

ISBN 89-5831-933-X 04810
ISBN 89-5831-930-5 (세트)

일륜 新무협 판타지 소설
一葦 叱正
일륜
3
혈왕
얼음유강
도서출판 청어람

목차

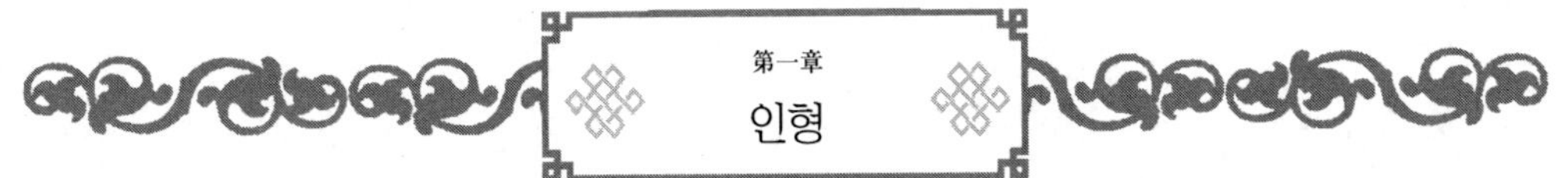

第一章

인형

혈영들이 허공을 메우며 내려오는 모습은 가히 장관이었다. 탁휘룡이 가리키는 곳을 돌아볼 필요도 없었다.

'무혼!'

슷—

이곳에서 죽게 될지도 모른다는 악성의 생각이 전해졌을 텐데, 무혼은 전혀 내색하지 않았다.

악성은 피식 웃었다.

내색할 리 없는 무혼이잖은가.

한 번도 무혼을 강시라고 여겨본 적 없는 그에겐 당연한 생각이었다.

귀로 들어오는 소리를 닫았다.

생각과 몸으로만 무혼과 대화를 하자고 마음먹었다.

공격해 오는 혈영들을 눈으로 자르고, 무혼검으로 자르고, 무혼의 손을 빌어 잘랐다.

움직일 때마다 피가 빠르게 몸속을 휘돌았다.

'위지 각주, 담 전주… 조금만 기다려.'

일단은 이곳을 벗어나는 것이 순서였다.

부정적인 생각이 떠오를까 봐 고개를 저었다.

덥석.

머리카락을 베고 지나가는 혈영의 목덜미를 잡았다.

'무혼.'

꽈득—!

비명 따위는 들리지 않았다.

다음, 그리고 또 다음으로 이어지는 무혼과의 기묘한 조화가 계속 이어졌다.

'후후후.'

시간이 지날수록 탁휘룡의 입가에는 웃음이 짙어졌다.

악성은 자신이 생각했던 능력 이상의 모습을 보여주고 있었다.

아까웠다. 좀 더 일찍 만났더라면 사부한테 직접 데려가 그들의 밥으로 던져 줄 수도 있었을 텐데.

'정말 아쉽다.'

악성은 자신들이 지금까지 구해놓은 인형들과 비교 자체가 되지 않았다. 이제야 적합한 인형을 구하게 된 것이다.

"크하하!"

탁휘룡은 즐거운 웃음을 터뜨렸다.

추경이 악성을 향해 내리 꽂힐 때 그는 제법 흥미로운 시선으로 지켜봤다.

‘어쩌면…….’

이번 공격으로 끝날지도 모른다는 기대감이 없을 리 없었다.

그러나 악성은 기대 어린 탁휘룡의 눈을 배신했다.

추경과 이미 두 번이나 겨뤄본 악성이었다.

그의 기운이 느껴지자마자 간단히 몸을 비틀어 공격을 피한 후, 반격할 생각은 하지 않고 옆으로 이동했다.

“……?”

추경은 의아한 표정을 지었으나, 이내 왜 악성이 자리를 급하게 피했는지 알게 됐다.

쉭—

그의 눈이 악성을 쫓는 틈을 타 무혼을 시켜 달려들게 만든 것이다.

“놈!”

재빨리 추혼멸절지를 날리며 뒤로 물러섰다.

저만치 뒤에서 혈영들을 상대하는 악성이 보였다.

퍽—!

뭉툭한 소리에 무혼을 돌아봤다.

“……!”

멀쩡했다. 게다가 속도도 전혀 줄지 않은 상태로 손까지 뻗어 그의 목을 잡아오는 것이 아닌가.

그는 헛바람을 삼키며 유형화 된 검을 뻗었다.

츠츠릇—!

이미 패륵의 도강을 무혼이 맨손으로 잡아냈다는 걸 들은 후였다. 저 무지막지한 손에 목이 잡히면 어떻게 될지 불을 보듯 뻔했다.

목을 잡아오는 무혼의 손에 유형화 된 검을 밀어 넣었다.

척.

"이런 말도 안 되는!"

그의 입에서 경악성이 터져 나왔다.

무혼이 정말로 유형화 된 검을 맨손으로 잡는 게 아닌가.

그는 다급히 검 하나 더 만들어 무혼의 목을 잘라갔다.

"갈!"

츠르릇—!

그때, 허공에서 악성의 목소리가 들렸다.

"하하하. 무혼만 신경 쓰면 곤란하지 않을까요?"

"……!"

그는 무혼의 목을 자르려던 손을 멈추고 눈만 위로 올렸다.

혈영들을 상대하던 악성이 어느새 되돌아와 무혼검을 든 채로 허공에 떠 있었다.

몸을 피하자니 무혼의 손이 만만치 않고, 무혼을 공격하자니 악성의 공격에 노출될 것 같았다.

"제길, 둘 다 잘라주마!"

악성은 추경의 결정을 읽었다.

슬쩍 뒤를 돌아봤다.

'생각한 대로 움직여줘서 다행이다.'

패륵은 악성의 뒤를 바짝 쫓고 있다가, 슬쩍 돌아보는 악성의 눈과 마주쳤다.

생글거리며 웃는 악성의 눈을 보자 열불이 치솟아 유형화 된 도를 치켜들었다.

"죽인다."

으드득—

언제든 공격할 준비를 끝내고 있는 상태에서 저런 도발이라니.

양손으로 도를 잡고서 그대로 일도양단의 자세로 그었다.

악성은 자신의 의도대로 패륵이 움직여 주자 무혼에게 명령을 내렸다.

'무혼, 됐으니까 뒤로 피해!'

악성의 생각이 전해지기 무섭게 추경의 검을 잡고 있던 무혼이 재빨리 손을 떼며 움직였다.

악성과 무혼을 동시에 베어버릴 생각이던 추경이 아닌가.

손까지 놓아주는 데에야 망설일 이유가 없었다.

기회를 놓칠세라, 그의 양손에 들린 유형화 된 검을 하나로 합쳐서 악성과 무혼을 향해 그었다.

츠츠르릇—!

"크하하! 잘 가라!"

악성이든 무혼이든 둘 중 하나만 죽여도 괜찮은 수확이었다.

그러나 추경과 똑같은 생각을 갖고 있는 사람이 한 명 더 있는 것이 문제였다. 더구나 악성에 가려져 그를 전혀 보지 못했다.

악성과 무혼의 신형이 땅으로 뚝 떨어져 내렸다.

"헉! 패, 패 호법!"

이미 둘을 향해 날린 공격을 거두기엔 늦었다.

패륵 역시 그제야 추경을 발견하고서 당황하며 큰 소리로 외쳤다.

"추 호법, 뭐 하는 겁니까!"

쾌에엑—!

"……!"

두 사람이 부딪치는 모습을 보면서 탁휘룡은 어처구니없다는 표정만 지을 수밖에 없었다.

순간적인 움직임이 주를 이루는 지금과 같은 대결에서 이미 몸에서 빠져나간 진기를 거두기란 불가능했다.

'멍청한!'

그의 눈에 악성과 무혼이 좌우로 갈라지는 것이 보였다.

충돌의 여파를 피하기에 충분한 거리를 두고서야 멈췄다.

쿠콰— 콰콰콰—!

탁휘룡은 먼지 자욱한 장내를 보며 고개를 저었다.

'쯧쯧쯧. 두 호법은 이미 이성을 잃었군. 머리로 이해하고 손을 쓰면 늦는다. 저 악성이란 녀석과 강시는 느낀 순간 몸이 따라가고 있다. 내가 나서야 할 시간이 벌써 온 건가?'

추경과 패륵이 마지막 순간에 최대한 힘을 거두었다고 해도 만만찮은 타격을 입었을 것이다.

"윽……."

"이, 이런 황당한……."

둘은 망연자실한 눈으로 악성을 찾았다.

악성이 보기엔 혈신체로 화한 두 사람의 표정을 정확히 알 수는 없었으나, 주춤거리는 걸로 봐서 꽤나 충격을 받은 것 같았다.

'지금이라면…….'

무혼과 함께 두 호법을 향해 움직이려고 할 때였다.

쉬쉬쉭―

누구의 명령을 받았는지, 혈영들이 공격해 왔다. 그러나 추경과 패륵이 아니라면 악성과 무혼을 위협할 수 없었다.

악성은 무혼검으로 베고, 무혼은 주먹으로 때렸다.

'서걱' 소리를 내며 잘려졌고, '퍽' 하는 소리와 함께 짓뭉개지는 소리가 들렸다.

실이라도 연결된 것처럼 둘의 공격은 매끄러웠다.

악성은 과도한 공격을 막아낸 후라 그런지, 심장이 약간 부은 것처럼 느껴졌다.

'아직은 버틸 수 있다.'

추경과 패륵을 한꺼번에 상대할 순 없겠지만, 조금 전과 같은 상황을 잘만 이용하면 막을 수 있을 것 같았다. 한꺼번에 상대하지만 않으면.

그러나 어려운 상황을 자신에게 유리한 쪽으로 이끌어 나가는 악성의 모습은 지켜보던 탁휘룡에게 더 큰 욕심을 부리게 만들었다.

그는 제제가 사라진 곳을 쳐다봤다.

'그깟 계집 하나에 쓸모없는 두 녀석을 데리고 오는 것이 뭐가 그리 힘들다고…….'

혈영전사들이 올 때가 지났다.

＊　　　＊　　　＊

제제는 힘껏 달리면서도 뒤를 돌아보는 걸 잊지 않았다.

악성이 움직이는 것과 동시에 세 사람은 무조건 무한 쪽으로 달리도록 약속되어 있었다.

“괜찮을까?”

“…….”

“…….”

그녀의 혼잣말을 들었지만 위지무와 담사우는 아무런 대답을 할 수 없었다.

혈왕의 호법이란 자를 만나봤잖은가.

둘 중 한 명이라도 당해낼 수 있다면 모를까, 지금 상황에서는 자리를 피해주는 것이 최선이었다.

“악 공자님의 말씀대로 구유대제를 찾아서 데려와야 합니다. 그리고 괜찮으실 겁니다.”

그 말을 하는 걸로 위안을 삼는 것 외에 달리 방법이 없었다.

제제는 그래도 걱정이 되는지 다시 입을 열었다.

“그러다 만나지 못…….”

위지무가 과감히 말을 잘랐다.

“만납니다!”

“아니, 만약에…….”

“만납니다!”

“…….”

“만납니다!”

“이게… 왜 자꾸 말을 잘라먹는데!”

제제가 더 큰 목소리로 화를 내자 위지무는 그제야 자신이 무슨 짓을 했는지 깨달았다.

“죄, 죄송합니다.”

“… 빨리 가.”

담사우는 제제와 위지무처럼 화도 내고, 싸우기도 하고 싶었다.

‘이렇게까지 내가 무력할 줄은 꿈에도 몰랐다. 정보 몇 가지면 되는데……’

지금 가장 필요한 것은 철완의 행방이었다.

사망적혈전의 숙달된 교두 둘만 있으면 문제없었다.

‘혈영 몇 명 상대하는 것도 힘든 실력으로 그동안 잘도 거드름을 피웠구나. 큭!’

턱—

“……?”

갑자기 위지무가 양손을 쫙 펴며 두 사람을 멈춰 세웠다.

“뭐야?”

위지무는 대답은 하지 않고 주위를 둘러보다 한곳을 발견하고 무조건 그곳으로 움직였다. 두 사람을 향해 따라오라는 손짓은 잊지 않았다.

‘벌써 쫓아왔다!’

그냥 느껴졌다.

혈영들과 싸울 때 음양경에서 익힌 음양상생을 통해 그들의 기운을 받아들인 적이 있었다.

그들의 움직임이 분명했다.

극도로 예민해진 위지무의 이마가 좁혀졌다.

"근처에 있습니다!"

＊　　　＊　　　＊

탁휘룡은 악성이 동요할 만한 말을 꺼냈다.

"생각이 바뀌었다. 시간이 좀 더 있었으면 이 방법은 사용하지 않아도 되겠지만, 그러기엔 네 실력이 상상을 뛰어넘는구나. 곧 네 여자와 부하들을 혈영전사들이 잡아올 것이다. 그전에 두 호법을 처리할 수 있을까? 크크큭!"

"……!"

악성의 고요한 상태가 그 말 한마디에 깨져 버리고 말았다.

탁휘룡을 향해 곧장 날아가며 소리쳤다.

"당신을 잠깐이나마 그분들과 비교한 것이 후회스럽다!"

퍽—!

막아선 혈영을 무혼이 날려 버렸으나 계속해서 몰려드는 혈영의 숫자에 부딪쳐 뒤로 물러서야 했다.

"그들을 노리지 않는다고 했잖은가!"

"내가?"

"그럼, 내 실력만 보겠다고 한 말은 뭔가!"

"흠, 듣고 보니 그랬던 것도 같군. 그렇다고 아무런 행동을 취하지 않겠다고 한 적도 없는 것 같은데? 후후후."

비웃음이었다.

"……."

악성이 어떤 말을 해도 소용없는 자였다.

그의 말대로 제제와 위지무, 담사우가 잡혀온다면 상황은 정말 최악이 될 수밖에 없었다.

당장 막는 것이야 문제될 건 없었다.

문제는 악성이 실제로 공격을 펼칠 수 있는 횟수가 잘해야 한 번이나 두 번밖에 없다는 것이다.

'저자의 말이 정말일까?'

심장이 무겁게 느껴졌다.

부었다는 느낌과는 비교도 할 수 없을 정도의 묵직함이었다.

'정작 걱정해야 할 일은 따로 있는데…….'

어찌어찌 해서 추경과 패륵을 물리친다 해도 그 뒤에는 탁휘룡이 버티고 있잖은가.

'하아… 이렇게 된 바에야……!'

악성은 결연한 표정으로 추경과 패륵을 바라봤다.

뚫을 수 있다. 아니, 반드시 뚫어야 한다.

속으로 되뇌고, 또 되뇌었다. 그러자 머릿속이 천산의 수많은 계곡의 끝에 서서 아득한 바닥으로 추락하는 것처럼 아득해졌다.

심장에서 시작된 뜨거움이 머릿속을 헤집고 돌아다니다 눈으로 모여들었다.

스스슷—

피의 순환이 빨라지며 전신을 깃털처럼 가볍게 만들어주었다.

추경은 악성의 눈빛을 마주하는 시간이 길어질수록 자신도 모르게 공격을 하고 싶어 몸을 움찔거렸다.

몇 달 전에 처음 봤을 때만 해도 철문비의 공격에 쩔쩔매던 애송이에 불과하던 악성이었다. 그러나 이제는 혈신체로 변한 그와 패륵을 동시에 상대할 고수가 되었다.

'이걸 어떻게 믿어야 하지?'

유형화 된 그의 검은 많이 흐릿해져 있었다.

패륵과의 충돌로 힘을 많이 소비한 탓이었다.

"후읍……."

혈신체로 화한 상태에서 너무 오랫동안 싸워서인지 현기증이 살짝 일었다.

추경과 패륵은 서로 시선을 교환했다.

"……."

"……."

오랜 세월 동안 함께 지내며 굳이 말하지 않아도 되는 둘만의 신호였다.

악성은 추경과 패륵을 향해 있던 시선을 탁휘룡한테 돌렸다.

"당신이 뭘 보고 싶어하는지 모르지만, 지금부터 내가 보여주려 하는 걸 잘 보시오."

"후후후. 아직도 보여줄 것이 남아 있느……!"

탁휘룡은 대답을 멈추고 빠르게 주위를 훑었다.

'강시가 없다? 어디 갔지?'

방금 전까지 악성의 뒤에 서 있던 무혼이 보이지 않았다.

툭─!

'응?'

허공에서 혈영 한 명이 바닥으로 떨어지는 소리였다.

무혼의 움직임은 거기서 그치지 않고 더욱 빨라지며 순식간에 혈영들 사이를 누볐다.

'강시와 따로 놀겠다고?'

그가 생각하기엔 어느 쪽도 좋은 선택은 아니었다.

톱니바퀴 두 개가 서로 맞물리며 돌아가다 하나가 사라지면 제대로 돌겠는가?

그러나 악성의 표정은 자신만만했다.

'강시를 떼어놓는다? 방심을 유도하기 위해서인가? 아니면 강시가 없어도 상대할 수 있다는 자신감? 후후후. 궁지에 몰려 발악하는 것도 괜찮지.'

아직은 괜찮다고, 추경과 패륵을 상대하기엔 역부족이라고 생각하는 그였다. 굳이 보여주겠다는데 나설 필요는 없었다.

시선을 거두는 악성의 눈이 무척 차분해 보였다.

오히려 악성의 곁에 무혼이 없다는 걸 확인한 추경과 패륵이 바빠졌다.

'궁지에 몰린 사람이 두 호법일 수도 있다? 후후후. 말도 안 되지. 그럴 리…….'

탁휘룡의 생각이 이어지기도 전에 패륵의 유형화 된 도가 악성을 향해 날아갔다.

츠츠릇―!

"죽어라!"

그의 유형화 된 도가 이전보다 한 뼘은 커진 듯이 보였다.

스륵―

악성은 방어를 하기는커녕 패륵의 도와 불과 이 장 정도의 거리를 남겨놓고서 무혼검을 쥔 손을 내렸다.

패륵이 회심의 미소를 지으며 도를 번쩍 치켜 올릴 때였다.

떵—!

"……!"

그의 머릿속에 엄청난 굉음이 울렸다.

손만 내리면 죽일 수 있을 것 같았지만, 그랬다가는 큰일날 것 거란 생각이 든다. 표정이 딱딱하게 굳어지며 악성의 측면으로 재빨리 몸을 피했다.

"무슨!"

패륵의 모습을 보며 소리 지른 사람은 추경이었다.

추경은 드디어 악성을 죽였다고 여기고 환한 미소를 짓는 중이었다.

패륵이 왜 몸을 비틀어 피했는지 도저히 이해할 수 없었다.

곧바로 소리를 지르며 유형화 된 검을 쥐고 날아갔다.

"갈!"

무서운 속도로 거리를 좁혀갔다.

손만 뻗으면 악성을 두 동강 낼 수 있을 정도의 거리.

'헛!'

악성의 손이 아주 미세하게 움찔거린 것 외에는 아무것도 볼 수 없었다.

섬뜩한 예기가 그의 정수리를 뚫고 지나가는 느낌이라니.

그는 급히 몸을 피했다.

패륵과 똑같은 경험을 한 것이다.

"……."

"……."

뒤로 물러선 두 사람은 서로를 멍한 눈으로 쳐다봤다.

서로의 모습을 살펴보며 이상을 찾았지만, 아무런 이상은 없어 보였다.

"추 호법님, 지금 무슨 일이……."

추경은 고개를 좌우로 저으며 이전보다 더욱 흉악스럽게 얼굴을 일그러뜨렸다.

"지금… 제 몸을 뭔가가 뚫고 나왔다고 하면 제가 이상한 건가요?"

"……!"

패륵 역시 마찬가지의 느낌을 받은 후였다.

말을 하던 두 사람의 얼굴에 경악이 떠올랐다.

"엇!"

"……!"

"추 호법님……."

"패 호법님도 풀렸나요?"

혈신체가 풀린 것이다.

두 사람의 얼굴은 평상시의 하얀 얼굴로 돌아왔다.

그들의 정수리.

한 방울의 피가 머리카락을 타고 이마로 흘러내렸다.

"……!"

"……!"

피했다고 생각한 것이 착각이었던 것이다.

두 사람은 동시에 악성을 돌아봤다.

악성은 마치 다 알고 있었다는 듯 시선조차 마주치지 않았다.

"이이……."

"이런… 황당한……!"

두 사람의 눈은 이내 초점이 흐려지며 쓰러지고 말았다.

털썩—

쓰러진 그들의 심장에서 피가 흘러 땅에 스며들었다.

어찌 된 일인지는 몰라도 피의 색이 검붉은색이었다.

탁휘룡은 기가 막혔다.

"너……!"

무혼을 공중으로 보내 이목을 흩뜨리고, 두 사람이 악성한테만 달려들도록 신경을 집중시킨 다음, 태연하게 두 사람을 죽였다.

그조차 어떤 수법을 썼는지 모를 정도로 너무도 깔끔했다.

"정말 보면 볼수록 궁금하구나. 도대체 무슨 무공을 익힌 게냐? 방심을 유도한 후 허를 찌른다라……."

그는 한 가지를 빠뜨렸다.

추경과 패륵이 무혼의 움직임을 알았다고 해도 결과는 마찬가지였으리라는 것을.

그러나 이내 그의 입가에 다시 웃음이 걸렸다.

"마지막으로 준비해 둔 한 수였던 모양인데, 이젠 또 뭘 보여줄 거지? 그나저나 강시와 하나가 된다는 건… 어쩌면 재미있을지도 모르겠구나. 한 번쯤 생각을 해보기로 할까?"

마치 언제든 그런 정도의 일은 쉽게 할 수 있다는 투였다.

악성은 자신과 무혼의 관계를 떠올리며 그의 말을 그냥 흘려버렸다. 이젠 그가 하는 어떠한 말에도 의미를 부여하고 싶지 않았다.

"애당초 예상한 결말은 아니지만, 너도 한계에 이른 것을 보니 이젠 끝내야 할 것 같구나. 후후후."

탁휘룡의 신형이 '픽' 하고 자리에서 사라졌다.

"······!"

벌써 두 번이나 봤던 공간을 찢고 사라지는 움직임이었다.

그가 있던 자리에 시선을 두는 것은 미련한 짓.

악성은 눈동자를 좌우로 돌리면서 최대한 그를 찾으려 했다.

"무혼 조심······."

경고를 할 새도 없이 거친 격음이 터졌다.

쾅—!

무혼의 신형이 선 채로 날아가 땅에 처박혔다.

"무혼!"

그러나 무혼을 돌볼 겨를이 없었다.

"나를 찾나?"

"헉!"

악성의 입에서 헛바람이 터져 나왔다.

하복부에 손을 댄 채 서 있는 탁휘룡의 붉은 얼굴!

"언제······."

악성은 복부에 닿은 그의 손을 떼기 위해 있는 힘껏 몸을 뒤로 뺐다. 그러나 그의 손은 이미 악성의 몸과 일체가 된 듯, 한 치의 틈도 없이 따라왔다.

추경과 패특의 정수리를 관통했던 의지를 탁휘룡의 손으로 향하도록 했다.

"웅?"

탁휘룡은 단전이 있어야 할 곳에서 손바닥을 찔러오는 예기가 쏟아지자, 어이없는 눈으로 악성을 쳐다봤다.

"정말 희한한 무공을 익혔구나. 하단전이 아니라, 다른 곳에 둥지를 틀었느냐? 아니면, 단전이 없이도 진기를 움직일 수 있다는 거냐? 후후후. 아직 그럴 힘이 남아 있다는 것이 무엇보다 놀랍기만 하구나."

그가 여운휘일 때 악성과 겨루며 사용했던 힘은 겨우 삼성에 불과했다. 지금도 마찬가지로 삼성의 힘을 사용했다. 그러나 같은 삼성의 위력이라도 지금과 그때는 엄청난 차이가 있었다.

복부를 비집고 들어온 그의 기운이 혀를 날름거리며 파고들었다. 악성은 다시 한 번 헛바람 삼키는 소리를 내며 그대로 무릎을 꿇었다.

본래의 모습으로 돌아온 그의 힘은 악성의 상상을 초월했다.

"컥!"

천천히 다가오는 그의 존재감이 전신으로 느껴졌다.

그는 한 걸음을 내디디며 전신을 붉은 기운으로 감쌌고, 두 걸음을 내디디면서 눈으로 은은한 혈광을 뿜었으며, 세 걸음을 내디디면서 손에 유형화 된 붉은 봉(棒)을 들었다.

"……."

악성은 정신이 없었다.

숨이 가빠왔다.

추경과 패록을 상대하느라 전력을 쏟은 후였다.

'무혼!'

악성의 눈썹 사이가 좁혀지자, 탁휘룡은 비릿하게 웃었다.

"강시를 부르려는가? 후후후."

"……!"

악성은 무혼이 오는 순간 탁휘룡의 손에 부서질지도 모른다는 생각
을 했다.

고민하는 그 짧은 사이.

스멀거리는 기운이 복부를 통해 들어왔다.

"……!"

악성은 자신의 복부를 쳐다봤다.

손을 통해 파고들던 그 기운이 그때와는 비교도 할 수 없는 크기로
복부를 마구 휘저었다.

"컥!"

탁휘룡이 잔인하게 웃으며 무언가를 잡아당기는 시늉을 하는 순간,
악성은 다급히 속으로 외쳤다.

'뚫는다!'

그의 얼굴을 뚫어지게 응시했다.

악성의 의지를 알고 있는 몸에 심장이 빠르게 피를 순환시켜 주었
다.

몸을 움찔거렸고, 모든 힘이 눈으로 집중되는 것이 느껴졌다.

동시에 무혼 역시 양손에 붉은 기운을 날카롭게 만들며 그를 공격했
다.

심장이 아려서 피의 순환을 멈추고 싶을 정도로 고통스러웠으나, 여
기서 멈추면 무혼까지 함께 죽게 된다.

소리를 질렀다.

"으아아아아!"

악성의 외침과 함께 '핏' 하는 짤막한 소리와 '쾅!' 하는 굉음이 동
시에 터졌다.

                    *   *   *

한계에 이른 사람은 악성뿐만이 아니었다.

혈영전사들과 싸우는 제제의 입에서 거친 숨소리가 흘러나왔다.

"헉헉……."

그녀가 직접 추경이나 패륵과 손을 섞어보진 않았으나, 이들 일곱 명은 그들에 못지않을 것 같았다.

중얼중얼…….

아까부터 위지무가 뭐라고 혼자서 중얼거리는 소리가 제제는 너무 듣기 싫었다.

"위지 각주, 조용히 해."

그래도 위지무는 혼잣말을 멈추지 않았다.

그녀 혼자였다면 벌써 죽었을 상황이다.

위지무가 언제부터 그렇게 강해졌을까?

위기의 순간만 오면 어느새 나타나 그녀 대신 공격을 막았다.

눈만 슬쩍 돌려 간신히 나무에 등을 기댄 담사우에게 물었다.

"괜찮아?"

담사우는 이미 가슴을 다쳐서 피를 많이 흘렸다.

한쪽 팔은 움직이기 힘든지 반대쪽 손으로 상처 부위를 만지고 있었다.

"…예."

"말을 하는 거 보니까, 아직은 괜찮은가 보네. 후우… 위지 각주, 이젠 더 도망칠 수도 없을 것 같은데?"

제제의 말이 장난스럽게 시작하다가 진지한 투로 바뀌었다.

"……!"

위지무는 그제야 혼잣말을 그쳤다.

심각한 표정으로 혈영전사들을 죽 훑어봤다.

저들 일곱 중 한 명도 최선을 다한 자는 없었다. 몰이를 하듯 도망가지 못하게만 붙잡고 있었다.

"이젠 도망칠 필요 없습니다. 두 분은 잠시 자리를 피해주십시오. 저들 정도는 제가 상대하겠습니다."

위지무의 말에 결연한 의지가 묻어났다.

제제는 황당한 눈으로 그를 쳐다봤다.

"미쳤니?"

위지무는 정말로 자신있다는 표정으로 고개를 저었다.

"아니요. 어느 때보다 저는 멀쩡합니다."

"닥쳐! 그러다… 나중에 그를 만났을 때, 너만 두고 담 전주와 둘이서만 도망갔다고 하라고? 난 또 혼나기 싫어. 그럴 바에는 차라리 같이 싸우는 게 나아."

"……."

제제의 황당한 반응에 한껏 멋지게 말하던 위지무는 할 말을 잃었다. 그가 알고 있는 그녀는 절대로 이런 말을 할 사람이 아니기 때문이다.

참지 못하고 웃음이 터져 나왔다.

"풉. 푸하하하!"

제제는 바로 눈앞에 적이 있다는 것도 잊고서 웃어 젖히는 위지무를 딱하다는 눈으로 보며 고개를 저었다.

"쟤, 뭐야?"

제제는 자신이 어떤 말을 했는지는 생각지 않고, 되려 담사우에게
물었다.

담사우는 갑작스런 질문에 당황했다.

"……."

혈영전사들은 제제와 위지무의 대화가 유언이라 생각하고 들어주려
던 생각을 버렸다. 이렇게 오래 걸릴 줄은 아무도 생각지 못한 것이다.

쉭―

혈영전사 셋이 동시에 움직였다.

제제는 대화를 멈추고 위지무를 향해 소리쳤다.

"피해! 퇴로를 막고 있잖아. 어서!'

위지무는 고개를 저었다.

"제 총령님, 어서 피하십시오. 제가 막도록 하겠습니다."

말을 마친 위지무는 나름대로 만족스런 말이라 생각했는지, 제제를
돌아보며 만족스런 웃음을 지었다.

제제는 위지무를 보며 마주 웃어주었다.

"안 돼."

"제 총……."

"너 죽는 건 상관없는데, 너 때문에 그한테 혼나기 싫다고 몇 번이나
말해! 어서 안 피해!'

말은 장난스럽게 하지만 진심이 담긴 말이란 걸 위지무처럼 눈치 빠
른 사람이 모를 리 없었다.

"제 총령님, 한 번만 믿어주세요."

"싫어."

"죽지 않을 겁니다."

"죽으면?"

"전 이미 마음속으로 주군을 모시고 있습니다. 그런 자가 함부로 죽겠습니까?"

씨익, 웃는 위지무의 기세가 달라졌다.

제제의 표정이 기이하게 변했다.

"뭐… 믿는 구석이라도 있어?"

위지무는 검을 땅에 박고서 양손으로 옆 머리를 뒤로 쓸어 넘기며 말했다.

"다음에 만나면 말씀드리겠습니다."

"뭔데?"

"적어도 무혼지주께서 오시기 전까지는 죽지 않을 자신이 있습니다."

혈영전사들의 눈에 묘한 빛이 흘렀다.

제제는 그들의 시선을 느끼고 '지금이다' 란 생각이 들었다.

"쳇, 마음대로 해!"

담사우는 두 사람의 대화에서 또다시 패배감을 느끼고 말았다.

'위지 각주는 나를 부끄럽게 만드는구나. 주군을 모시는 자가 함부로 죽을 수 없다라… 하하하. 어느새 나도 전염이 된 건가?'

등으로 나무를 밀어내며 위지무의 곁으로 갔다.

"자네가 제 아가씨를 보호하게. 여기는 내가 남겠다."

담사우의 말에 제제의 고개가 휙 돌아갔다.

그녀의 반응을 이미 예상했는지, 그는 한쪽 입꼬리를 들어올리며 나름대로 비장한 표정으로 웃었다.

"제 아가씨 그동안……."

딱—!

"억!"

이런 다급한 상황에서 담사우의 말을 끝까지 들어줄 인내심이 그녀에게는 없었다.

나설 때와 들어갈 때를 구별하지 못하는 난감한 주인 덕분에 그의 뒤통수만 수난을 당해야 했다.

"그만 좀 안 하니? 어이구, 아주 눈꼴서서 못 봐주겠네. 위지 각주가 알아서 한다잖아, 빨리 따라와!"

그녀는 혈영전사들이 다 들을 수 있도록 커다란 목소리로 말하고는, 막아선 혈영전사를 향해 왼쪽으로 손가락을 세 번, 오른쪽으로 손가락을 네 번 튕겼다.

이미 준비하고 있던 터라 전력을 쏟아냈다.

그녀를 막아선 혈영전사는 좌측 것을 막으려다 우측 네 개의 공격을 막기 위해 돌아섰다.

"담 전주!"

기다리고 있던 담사우가 그대로 혈영전사의 등을 검으로 후려갈겼다.

쾅—!

피하지 못한 혈영전사의 전신에 천마사우탄이 고스란히 터졌다.

제제는 놀란 얼굴의 혈영전사를 뒤로하고 담사우의 옷깃을 잡아 위로 던지며 힘차게 도약했다.

*　　　*　　　*

탁휘룡은 사랑겁화공을 구성까지 익혔다.

상단전을 열 수 있다는 의미였고, 의기유형(意氣有形)을 펼칠 수 있다는 의미였다.

그런 그도 예비 동작은 필요했다.

기를 뜻대로 움직이기 위해서는 상단전을 열어야 하고, 그전에 사랑겁화공을 전신에 퍼뜨려야 한다. 물론 악성의 공격에 당한 것은 아니었다.

그의 얼굴로 다가오는 예기가 무척 얇았기 때문이었다.

추경과 패륵이 이 공격에 당했으리라.

'사부님의 경지인 사랑겁화공의 십성을 성취해야 펼칠 수 있는 신기다.'

단전에서 기이한 예기가 빠져나올 때 알아봤어야 했다.

악성은 원하는 곳으로 진기를 쏠 수 있는 것이다.

그는 사람들의 피에서 받아들인 기운을 완전히 자신과 동화시키기 위해 상중하, 세 단전을 항상 타오르게 만들었다.

뜨거운 용광로에 쇠를 넣고 녹이면 불순물이 바닥에 가라앉는다. 가라앉은 불순물만 버리면 쇠는 원래의 쇠와 한 덩이가 되기에 전혀 문제가 없었다.

그러한 작용을 해주는 것이 사랑겁화공 십성의 경지였다.

탁휘룡처럼 항상 삼단전을 타오르게 만들 필요도 없이, 동화시킨 힘을 마음대로 이끌어낼 수 있는 경지였다.

적무극의 말을 기억하고 있었다.

"아직은 사랑겁화공 십성의 경지를 뒷받침해 줄 무공을 구하지 못했다.

사형들과 싸워서 필승의 자신이 없기에 아직은 네게 세상에 나서는 일을 맡겨야겠구나."

십여 년 전의 일이었다.

그사이 적무극은 최고의 무공을 구했을 것이다.

이번 일만 마치고 돌아가면 탁휘룡 역시 사량겁화공에 걸맞는 무공을 익히게 되리라.

지금도 강호 최고수라 불리는 자들을 눈 아래로 보고 있었다.

그럼에도 악성의 공격은 그를 적이 당황하게 만들었다.

'도대체…….'

아마도 찌르려 했던 모양이다.

탁휘룡은 고개를 살짝 움직여 악성의 공격을 피한 후, 둘을 이반사 인장으로 날려 버렸다.

슉—

얼굴을 쓰다듬는 그의 얼굴에 저절로 잔인한 미소가 피워 올랐다.

자신의 일을 방해할 자의 명단에 악성은 없었다. 아니, 방해는커녕 인형으로 만들어 마음껏 가지고 놀 생각만 들게 했던 자다.

한 번도 빗나간 적 없는 그의 예상이 처음으로 어긋났다.

그는 스스로 화를 이기지 못해 붉은 살광을 뿜었다.

악성의 발악하는 모습에 역겨움을 느꼈다.

천천히 둘에게 다가갔다.

잔뜩 겁먹은 표정을 짓고 있으면 살려줄지도 모른다.

'응?'

악성의 표정이 기괴했다.

웃고 있는 것도 같았고, 고통으로 일그러진 것도 같았다.

악성은 고통을 이기기 위해 안간힘을 쓰고 있지만, 머릿속은 비명을 지르고 있었다.

'아악… 악!'

따다닥—

이빨을 부딪치며 탁휘룡의 눈을 바라봤다. 아니, 아무 생각 없이 고개만 들었다.

심장이 누군가에 의해 잘려진 것처럼 고통스러웠다.

탁휘룡이 내뿜는 기운 때문에 초점이 서서히 모아졌다.

'탁휘룡…….'

아까웠다.

그가 복부에서 손을 떼고 물러서는 그 짧은 사이, 그의 얼굴이 크게 확대되며 이마 정중앙이 악성의 눈에 들어왔었다.

기회였다.

곧바로 추경과 패륵의 정수리를 꿰뚫어 버렸던 시선을 쏘아냈으나, 거대한 충격이 악성의 심장에서 먼저 시작됐고, 눈을 돌릴 수밖에 없었다.

피식.

너무 고통스러우면 오히려 고통을 잊는 것인가?

무중력의 상태를 경험한 뒤 처음으로 느끼는 기이함이었다.

서서히 몸이 화석화 되는 것처럼 감각이 사라지고 있었다.

아래쪽으로 시선이 내려갔다.

탁휘룡의 시선도 악성을 따라 내려갔다.

"……!"

단전이 있어야 할 위치를 분명히 터뜨렸건만, 겉으로 봐서는 전혀 이상이 없어 보였다.

"도대체 무슨 무공을 익힌 거냐!"

추경이 외쳤던 황당한 목소리가 그의 입에서 터져 나왔다.

곧바로 그의 양손에서 이반사인장이 뿜어져 나오며 악성과 무혼의 몸을 때렸다.

콰쾅—!

날아가 떨어지는 둘의 몸에는 피가 흐르지 않았다.

그의 생각으로는 이해할 수가 없었다. 무혼은 강시이니 당연히 몸에서는 흐를 피가 없다 해도 악성은 왜 피를 흘리지 않는단 말인가?

"마음에 안 들어."

츠츠르—

유형화 된 검이 그의 손에서 빛을 뿌렸다.

쉭—

악성의 심장을 노리고 날아왔다.

실력만 본다던 그의 생각은 어느새 달아난 후였다.

추경과 패륵이 정수리에 구멍이 뚫려 죽었을 때도 그럴 수 있다고 여겼다. 불완전한 사량겹화공을 익히고 그 정도까지 싸웠으면 그들의 역할은 그걸로 충분했다.

이미 죽은 자들은 그에게 아무런 의미가 없었다.

그러나 인형은 인형으로 남아야 한다. 압도적인 힘을 보여주어서 의지를 잃게 만들어야 한다. 그래야 나중에라도 의지를 되찾지 못할 것이기에.

"이번에도 방해하도록 내버려 둘 줄 아느냐? 어림없다. 갈!"

탁휘룡의 손짓에 덤벼들던 무혼이 또다시 날아가 버렸다.

악성은 계속되는 충격에 정신을 잃을 법도 하건만 오히려 말짱해져만 갔다.

심장이 끊어질 듯한 고통을 느낀 후부터의 일이었다.

복부를 통해 들어왔던 탁휘룡의 기운은 반복된 공격에 맞은 탓인지, 꿈틀거리는 느낌을 더 이상 느낄 수 없었다.

눈만 감으면 잠이 들 것 같은 피곤함이 전신의 감각을 지우고 있었지만, 눈이 아려서 감기도 힘들었다.

머릿속에는 온통 무혼을 보살펴야 한다는 생각뿐이다.

'무혼……'

슥—

움직이기도 힘들 것 같던 악성의 몸이 스르륵 움직여 무혼의 곁으로 이동했다.

탁휘룡의 공격은 악성조차 모르던 힘을 끌어낸 것이다.

툭—

"……?"

탁휘룡의 손짓에 따라 악성이 이리저리 끌려 다니는 걸 보면서 즐거워하던 혈영의 고개가 돌아갔다.

"누……!"

그는 백영이 눈앞을 지나갔다는 것만 느낄 수 있었다.

퍽—!

"비키라는 말을 못 들었나 보구나. 켈켈."

철완의 말이 끝나기 무섭게 십여 명의 혈영의 몸이 터져 나갔다. 기다렸다는 듯이 덤벼드는 다른 혈영들을 자른 것은 천검부의 무인들이었다.

치릿―!

빠르게 혈영을 휘감은 천검부의 무인들이 철완의 뒤를 따르려 할 때였다. 혈영들은 검에 맞고서도 전혀 개의치 않고 그들을 휘감았다.

"헉!"

제제와 위지무, 담사우의 손에서도 다시 살아난 그들이었다.

몸에 난 칼자국 정도로는 그들을 떼어낼 수 없었다.

천검부의 무인 한 명이 공포 섞인 비명을 질렀다.

"컥!"

무자비하게 뚫린 그의 심장에서 피가 흘렀다.

"잘 먹겠다."

혈영은 혀를 날름거리며 몸을 부르르 떨었다.

피를 통해 상대의 진기를 흡수하는 몸짓이었다.

다른 천검부의 무인들이 없었을 때나 가능하다는 걸 모르고 습관처럼 취한 행동이었다.

"켈! 먹긴 뭘 먹어, 식인종 같은 놈아!"

혈영의 몸이 반으로 잘리며 심장을 뚫린 천검부의 무인과 함께 아래로 떨어졌다.

"크아아악!"

"죽어!"

누가 누구랄 것도 없이 혼잡한 싸움이 시작됐다.

철완은 악성과 무혼을 발견했다.

"켈켈. 질긴 목숨이로고."

탁휘룡의 공격에 의해 땅에 박힌 무혼은 악성이 잡아당긴 힘을 역으로 이용해서 유형화 된 검을 향해 손을 내뻗었다.

철완이 보기에는 강시를 이용한 방어로는 그보다 완벽할 수 없다고 생각했다. 그러나 칭찬이 목까지 올라오던 그의 입에서 생뚱맞은 소리가 나왔다.

"으엥?"

악성이 가만히 있어도 얻게 될 반격의 기회를 포기하는 행동을 벌였다. 겨우 강시를 살리기 위해 나선 것이다.

허공에서 방향을 틀며 탁휘룡의 머리 위로 곧장 내리 꽂혔다.

악성의 유일한 반복 훈련을 거친 동작이었다.

쉭―

그 공격에 당한 고수가 한둘이던가.

그러나 이번에는 그들보다 훨씬 강한 상대였다.

힐끔.

탁휘룡은 무혼을 자르려다 눈동자만 위쪽으로 돌려 쳐다본 후, 한쪽 다리를 축으로 삼아 몸을 옮기며 병풍처럼 접었다 펴졌다.

쾅―!

악성의 발이 땅속에 박혔으나, 무혼이 다가와 꺼내주었다.

둘 다 무사했다.

"후후후. 잘도 쿵짝이 맞는구나. 그렇다면 한꺼번에 죽여주지."

웅웅웅―

탁휘룡의 몸에서 기이한 울음이 퍼졌다.

좌라락―!

부챗살처럼 펼쳐지는 유형화 된 검들.

"……!"

철완은 탁휘룡이 펼치려는 것이 뭔지 대번에 알 수 있었다.

"검강을 쪼갠 것이 아니라, 저 하나하나가 바로 검강이다. 저런 무식한 방법을 사용하는 놈이 아직도 있나?"

내공이 끊임없이 뒷받침해 준다 해도 저런 식의 공격은 자살 행위밖에는 되질 않는다. 물론, 진기가 남아돌아 어떻게든 써야만 하는 놈이라면 상관없다.

그러나 당장의 문제는 저 공격을 막아야 하는 것이다.

공격을 받는 사람이 똑같은 숫자의 강기를 만들어 일일이 깨부수지 않으면 저 공격에 살아남을 방법이 없었다.

목숨이 경각에 달했을 때나 사용하는 방법이었다. 그런 걸 아무렇지도 않게 잘도 펼치다니…….

철완은 손을 걷어붙이며 붉고 푸른 양손에 내공을 모았다.

"흡! 얼마나 도울 수 있을지는 나도 모르겠다."

허공에서 악성의 조력자가 나타났다는 걸 아는지, 모르는지 탁휘룡은 아직도 검의 숫자를 늘려가고 있었다.

그러나 이미 주위를 지배하고 있는 탁휘룡이 철완의 등장을 모를 리 없었다.

'크크그. 늙은이, 조금만 기다리면 함께 죽여주지.'

악성과 철완을 한꺼번에 죽이기 위해서 일부러 무리를 하는 것이다.

탁휘룡은 악성을 인형으로 만들기 위해 노력한 시간이 아까웠으나, 생각을 버리기로 했다.

‘저 녀석, 인형으로 만들지 못할 바에는 죽여 버린다!’

혈영들쯤은 모두 죽어도 상관없었다.

곧 붙잡혀 올 제제와 위지무, 담사우만 있으면 되기 때문이다.

“늙은이까지 셋. 크큭. …잘 가라.”

말을 끝낸 그의 눈이 허공으로 들려졌다.

철완의 눈과 부딪쳤다.

“늙은이, 너무 기다리게 했지?”

“켈켈. 얍삽한 놈이로고!”

츠츠츠—!

탁휘룡의 손에서 부챗살처럼 생긴 빛이 촤라락 펼쳐졌다.

철완은 아직도 멍청하게 서 있는 악성을 향해 소리쳤다.

“뭘 그렇게 멍하니 서 있는 게야, 어서 피해!”

악성의 귀에 그 음성이 제대로 들릴 리 없었다.

웅웅거리는 소리만 귀에 맴돌자, 악성은 무덤덤한 얼굴로 탁휘룡의 손을 떠난 유형화 된 검을 쳐다봤다.

악성과 무혼을 향해서는 족히 수십여 개는 넘을 것 같은 숫자의 검들이 쏟아졌고, 철완을 향해서도 마찬가지로 비슷한 검들이 날아갔다.

“구유음양수! 죽음을 원하는 모든 생명은 내 명을 들어라!”

철완의 손에서 빠져나온 붉고 푸른 기운이 기이한 각도로 마구 휘면서 유형화 된 수십 개의 검을 향해 움직였다.

붉고 음유한 기운이 그의 검을 꼼짝 못하게 붙잡아놓으면, 푸른 태양이 눈을 떠 검을 파괴했다. 또, 약해진 푸른 태양의 눈을 그의 검이 찌르면, 붉고 음유한 기운이 감싸며 꼼짝 못하게 만들었다.

쿠콰콰콰쾅—!
엄청난 굉음이 하늘에서 들렸다.
그리고 땅에서는…….

엄청난 굉음이 하늘에서 들렸다.

第二章
악성의 왼손

회색빛이었다.

악성의 왼손에서 시작된 연기가 무혼까지 감싸며 거대한 구체를 형성했다.

곧바로 구체를 두드리는 탁휘룡의 유형화 된 검!

상식적으로 막아낼 상황은 아니었다.

안이 텅 빈 공을 방망이로 때리면 저렇게 튕길까?

첫 번째 검이 구체를 때렸다.

찔렀다는 표현보다는 때렸다는 표현이 정확했다.

악성이 만든 구체는 검과 부딪치자마자 튕겨져 나갔고, 뒤 이어 몰아치는 검들에 의해 허공에서 내려오지 못하고 이리저리 날아다녔다.

끝내 땅에는 내려 오지도 못한 채 거대한 암벽에 부딪쳤다.

쿠콰―!

공격이 멎은 것과 동시에 악성을 감싸고 있던 구체도 사라졌다.

깜빡. 깜빡.

"……."

악성은 눈을 뜨곤 있지만 움직일 힘은 없었다.

무혼이 덜커거리는 몸을 이끌고 악성의 앞쪽에 섰다.

"……!"

탁휘룡의 표정이 볼만했다.

일그러진 얼굴로 살광을 마구 뿜어댔다.

철완이 나타난 걸 안 순간 이 싸움을 오래 끌고 싶지 않았다.

셋 모두 죽이기로 작정하고 한 공격이었다.

악성을 인형으로 만들고 싶은 생각은 벌써 달아났고, 오히려 은근히 알 수 없는 두려움이 일고 있었다.

악성의 널브러진 모습을 보고 다가가려는 순간 허공에서 철완의 목소리가 들렸다.

"켈켈. 다 끝났느냐?"

"……!"

철완도 멀쩡했다.

그 정도의 전력을 가지고도 아무도 죽이지 못했다는 것은 그의 완벽한 패배였다.

'어디서부터 어긋난 거지?'

악성으로 시작된 그의 계획이 악성에 의해 모조리 무너지고 말았다. 그러나 그는 냉정을 잃지 않고 철완을 똑바로 쳐다봤다.

"그 공격을 막다니 역시 구유대제란 이름은 허명이 아니군."

철완은 천천히 허공을 걸어서 내려왔다.

곧 본때를 보여줄 생각 때문인지 얼굴에 웃음기가 사라졌다.

막 땅에 발을 내려설 때였다.

탁휘룡은 허공을 보며 혈영들에게 명령을 내렸다.

"단 한 명이 남을 때까지 저 늙은이를 막아라."

"뭐, 뭐라고! 저런 불나방 같은 것들을 이 고귀한 손으로 처리를 하란 말이냐?"

"후후후. 저들을 그저 불나방이라고 생각해서는 곤란해."

그의 눈이 악성을 향했다.

"다음에는 꼭 인형으로 만들어 가지고 놀아주마."

무시무시한 안광이 폭사됐다가 사라지는 것과 동시에 그의 신형이 한순간 '팍' 하는 소리와 함께 사라졌다.

"……!"

신법인지, 보법인지는 몰라도 기가 막힌 수법임이 분명했다.

철완은 탁휘룡이 보이는지, 허공으로 몸을 날리려다 덤벼드는 혈영들에게 손을 번쩍 치켜들었다.

"켈!"

퍼버버벅—!

그의 몸에는 근접도 못하고 혈영들이 녹아내렸다.

*　　　*　　　*

"단 소협, 무슨 생각을 그리 합니까?"

"……!"

단파의 상념을 깨뜨린 사람은 북궁현이었다.

“별거 아닙니다. 그들을 생각하고 있었습니다.”

단파가 백리천 등이 마음에 들지 않는 것 중 자기들끼리는 ‘공자’ 라는 칭호를 사용하면서 자신에게는 ‘소협’ 이라 부르는 행태였다.

앞서 가던 북궁운혜가 뒤를 돌아보며 멈춰 섰다.

“잠깐만 기다리세요.”

쉭—

그녀의 소매에서 빠져나온 세 개의 구슬이 삼각형을 이룬 채로 어디론가 날아갔다.

북궁현은 심각한 표정으로 물었다.

“그들이냐?”

“예, 오빠.”

지켜보던 백리천은 신기한 얼굴로 물었다.

“그건 뭐죠, 북궁 소저? 진기를 사용해서 날리신 건가요?”

삼위성을 처음 보는 백리천의 눈빛이 기이하게 변했다.

평범한 돌이 아니었다.

“진기를 사용한 것은 아니고요. 이번에 새롭게 깨우친 바가 있어 만년한옥으로 만든 무기랍니다. 삼위성이라고 불러요.”

“삼위성이요?”

“혈왕이란 자가 사용하는 무공 특성을 쫓아가도록 만든 것이랍니다.”

백리천이 더 더욱 의문을 갖게 만드는 대답이었다.

“천검부에서 어찌 혈왕의 무공을 알고 있죠?”

“호호호. 혈왕의 무공뿐만이 아니라면 답이 될까요?”

“……?”

백리천은 무슨 말인지 몰라 어리둥절한 표정을 지었다.

좀 더 자세히 물어보려는 그를 북궁운혜의 손짓이 막았다.

그녀는 허공을 가리키며 큰 소리를 냈다.

"아, 찾았어요! 그들이에요."

세 개의 옥구슬이 한곳에 머물며 떠나지 않고 있었다.

그녀의 마지막 말은 백리천뿐만 아니라, 단파의 시선도 잡고 있었다.

'혈왕의 무공뿐만이 아니라고?'

기묘한 여운을 남기는 말이었다.

마치 그들의 정체를 알고 있었다는 듯 말한 것이 아닌가.

단파는 백리천 등과 함께 나오기 전에 단소동과 나누었던 대화를 떠올렸다.

"아버님, 형님의 진전은 어떻습니까?"

"우리 가문 역사상 가장 빠른 성취를 얻고 있다. 네가 그토록 기다리던 순간이 멀지 않았다. 네 형은 능히 청살무적권(靑殺無敵拳)을 얻을 게다."

"정말 다행입니다, 아버님. 형님을 빨리 보고 싶습니다."

"형이 없는 동안 네가 할 일이 크다."

"잘 알고 있습니다. 더 이상 우리 가문이 살수가문으로 취급받는 걸 원치 않습니다."

단파는 생각만으로도 흥분이 되는지, 낮게 숨을 골랐다.

천검부와 적각선의 이름은 정파의 지주로 모르는 이들이 없었다.

그러나 무적암살부는 언제나 도움을 주는 역할 외에는 아무것도 아니었다.

이젠 그렇게 불리지 않을 것이다. 단파가 그렇게 만들 것이기에.

제제는 담사우를 데리고 채 백 장도 움직이지 못해 혈영전사 둘에게
따라잡히고 말았다.

그들은 일부러 제제와 담사우가 떠나도록 내버려 둔 것처럼 행동했
다. 팔짱을 낀 채 비웃음 가득한 눈으로 둘을 쳐다봤다.

생각 같아서는 웃는 얼굴로 천마사우탄을 갈겨주고 싶은 제제였으
나, 상황이 상황인지라 참을 수밖에 없었다.

'응?'

그들의 얼굴을 살피던 제제가 갑자기 인상을 썼다.

몰리는 입장에서 상대를 도발시켜 봐야 얻을 게 없었다. 그러나 제
제는 도저히 참기 힘든지, 차마 해서는 안 될 말을 꺼내고 말았다.

"니들, 진짜 궁금해서 묻는 건데……."

"……?"

"각자의 얼굴에 만족하니?"

"……!"

혈영전사의 화상을 입은 것 같은 얼굴이 더욱 일그러졌다.

"닥쳐!"

제제는 굴하지 않고 당당하게 말을 이었다.

"아까는 경황이 없어서 말해주지 못했는데, 보는 사람으로 하여금
안타까운 마음은 들게 하지 말아야 하는 거 아니야? 다시 봐도 참… 안
타깝다. 화를 내는 걸 보니, 니들도 그 얼굴로 나다니는 게 창피한가
본데, 왜들 그렇게 사니……."

제제의 혀까지 차는 모습에 혈영전사 둘은 거의 미치기 일보 직전까지 가고 말았다.

'호, 의외로 민감하게 구네?'

기회를 잡은 그녀가 그칠 리가 없었다.

"니들 평소에 그렇게 다니기 창피해서 숨어 다니지, 그치? 하긴, 나라도 그런 얼굴이면 쉽게 나다니기 힘들 것 같기는 하다. 쯧쯧쯧! 그래도 어쩌겠냐. 이왕 그렇게 생긴 것. 니들 운명이라 생각하고… 죽어!"

파라락─!

그녀의 양손에서 천마사우탄이 작렬했다.

담사우까지 데리고 있는 상황에서 체면이고 뭐고 가릴 처지가 아니었다. 일단은 살고 봐야 한다. 적어도 이번 공격에 한 명은 떼어놓아야 하기에 전력을 다했다.

그러나 천마사우탄에 맞은 그들은 여전히 멀쩡하기만 했다.

"쳇!"

"크크큭, 천마 제룡의 손녀가 이런 유치한 암습을 다하다니. 급하긴 급했나 보구나."

"어머, 어떻게 알았어? 니들이 말한 그 유치한 암습 때문에 할아버지께서 나를 자랑스럽게 여기시잖아. 호호호."

그녀는 겉으로는 웃고 있지만 잔뜩 긴장하고 있었다.

그들의 웃음소리가 듣기 싫게 흘러나왔다.

"크크큭."

"호호호."

얼굴을 보며 듣는 그들의 괴소.

속 안 좋을 때 뭐 먹었나, 확인하기 딱 좋은 상황을 연출했다.

제제의 얼굴이 일그러졌다.

"우엑, 먹은 게 있었으면 벌써 쏟아냈겠다. 이 추물들아."

"……"

혈영전사들은 더 이상 동요하지 않았다.

제제가 갑자기 버럭 소리를 질렀다.

"이 망할 놈의 영감탱이! 구유대젠지, 구유대가린지 어서 나타나라고!"

그때, 허공에서 그녀의 구세주가 나타나는 소리가 들렸다.

"제 소저, 또 뵙네요."

"……?"

여인의 맑은 음성에 허공을 쳐다봤다.

'윽, 저 여시.'

면사만 봐도 누군지 금방 알 수 있었다.

반가운 인사는 아니더라도 한숨 돌리게 해줘서 고맙다는 말을 건네려는 찰나, 만년한옥으로 된 삼위성이 혈영전사 둘의 발밑으로 뚝, 떨어졌다.

"일단 저자들을 잡고 얘기 나누기로 해요."

우아한 북궁운혜의 몸이 뱀처럼 똬리를 틀듯이 바닥으로 내려앉았다.

백리천이 그녀의 곁으로 내려서며 제제에게 인사를 건넸다.

"위험한 자를 상대하고 계셨군요, 제 소저."

제제의 표정이 삐딱해졌음은 당연했다.

"백리천, 이 빌어먹을 자식아! 너 때문에 이 고생을 하는데 뭐가 어째!"

상황과 무관하게 곧바로 백리천을 향해 달려들었다.

그러나 북궁현과 단파에 의해 제제의 양손은 잡히고 말았다.

"이거 안 놔!"

백리천이 그제야 미안한 표정으로 둘을 물러서게 했다.

"정말 본의 아니게 그렇게 됐소."

"너 때문에 죽게 됐는데 본의가 아니라고? 빨리 구유대제란 망할 영감이나 불러!"

"이곳은 저와 북궁 소저만으로도 충분하니 너무 걱정하지 마시오."

제제는 목소리를 최대한 크게 냈다.

"여기가 문제가 아니라! 그 사람이 여운휘에게… 아니, 여운휘를 끌고 갔단 말이야!"

'빽' 소리를 지르는 제제의 표정이 무척 다급해 보였다.

그러나 오히려 백리천 등은 의아한 표정을 지었다.

끌고 간 사람을 걱정하는 건 뭐란 말인가?

백리천이 의아한 눈으로 계속 쳐다보자, 제제는 다시 소리를 질렀다.

"여운휘는, 여운휘가 아니야!"

"예?"

"으아! 아무튼 구유 영감탱이나 빨리 불러!"

백리천의 대답보다 칠현금쇄가 울리는 소리가 빨랐다.

따다따아— 앙—!

금이 연속으로 세 번이나 퉁겨지자, 혈영전사 둘은 급히 귀를 막으며 뒤로 물러섰다. 그러나 만년한옥으로 만든 삼위성은 그들을 꼼짝 못하게 얽어맸다.

"오빠, 머리를 누르세요. 단 공자님, 그자의 심장을 찌르세요."

북궁운혜는 자리에 앉은 상태로 북궁현과 단파를 불렀다.

철완의 도움으로 잡은 혈영전사를 연구했으니 틀림없으리라.

제제는 확신에 찬 북궁운혜의 얼굴을 유심히 바라봤다.

'저 여시… 똑똑하기까지 하네. 나중에 저 면사를 벗겨봐야지. 혹시 눈만 예쁘고 저 혈영 머시기 같은 얼굴 아냐?'

금방이라도 백리천을 죽일 것처럼 굴던 제제의 모습은 언제 그랬냐는 듯이 사라지고, 연적에 대한 경계심을 보이는 평범한 여인으로 돌아와 있었다.

"……."

가쁘게 숨을 쉬던 담사우는 제제의 표정을 보고 왠지 오싹한 기분이 들어 검을 고쳐 잡으며 다른 곳으로 시선을 돌렸다. 괜히 저 눈에 걸리면 어떤 트집을 잡힐지 몰랐다.

북궁운혜는 제제의 말을 듣고서 마음이 급해졌다.

'악 공자님이 또 다치신 건가?'

만날 때마다 다친 모습만 봐왔다.

아무리 대단한 몸을 지녔다고 해도 이건 아니었다.

제제나 담사우가 그만큼 그에게 부담이 됐으리라.

그녀는 착 가라앉은 목소리로 말했다.

"제 소저, 그만 소리치시고 저들이 도망갈지도 모르는 퇴로를 막아주세요."

'뭐? 소리치지 말라고?'

제제는 아미를 찡긋거리며 담사우를 쳐다봤다.

눈치없는 담사우가 호응해 줄 리가 없었다.

“예?”

“저 여시가 나보고 닥치라고 했지?”

“…….”

“하여간 이곳만 벗어나기만 해봐.”

담사우의 대답을 기대하기나 한 건지, 곧바로 북궁현과 단파와 삼각형을 이루며 섰다.

*   *   *

철완의 구유음양수에 맞은 혈영의 몸이 터지는 걸 시작으로, 그 뒤에 뒤까지 모두 십여 겹이나 뚫렸다.

슥―

알아서 사라지라는 경고의 의미였다.

그러나 도망은커녕, 철완의 공격이 멈추자 혈영들은 빈자리를 채우며 다시 달려들었다.

“잉?”

이번엔 구유음백지(九幽陰白指)였다.

그들의 사혈만 노리고 물 한 방울 크기의 지력이 백여 명에 달하는 혈영의 몸을 순식간에 관통시켜 버렸다.

퍼버벅―!

모두 죽었으리라.

“켈켈켈……!”

만면에 웃음을 짓던 철완의 얼굴이 딱딱해졌다.

모두 죽었을 것이란 생각은 그의 착각이었다.

그들은 내장이 몸 밖으로 나와 너덜거리는 데도 멀쩡하게 다시 덤벼들었다.

“……!”

내공이란 한계가 있는 법이다. 아무리 대단한 무공을 익히고 있다고 해도 반복되어 힘을 쓰게 만들면 소용이 없는 것이다.

철완의 얼굴에 짙은 살기가 감돌았다.

“구유대제란 이름을 어떻게 얻었는지 보여주마. 이런 불나방 같은 것들 때문에 구유탈백(九幽奪魄)까지 사용하게 될 줄이야. 켈켈!”

구유음양수 제이 초 구유탈백.

아홉 번 혼을 뺏을 수 있다고 해서 지어진 초식명이었다.

한 초식에 무려 여든한 번의 구유음양수가 사방으로 뻗어나간다. 그 위력이야 말할 것도 없잖은가.

그의 손이 큰 원을 그리며 돌아갈 때마다 혈영들의 몸이 어딘가로 빨려 들어가는 것처럼 납작해졌다, 다시 터질 것처럼 부풀어 올랐다.

“이번에도 살아나 봐라!”

그는 마보를 취해 진기를 끌어 모은 후, 일어서며 곧이라도 달릴 듯한 궁보의 형태를 취했다. 그러자 달려들던 혈영들이 한 방향으로 날아가 땅이며, 벽에 전신을 처박았다.

그 수가 무려 백여 명에 육박했다.

이곳에 있는 숫자의 절반은 되는 것 같았다.

“훅…….”

호흡을 뱉은 철완은 자신만만한 얼굴로 그들을 죽 훑어보았다.

“시시껍절한 것들. 케… 윽!”

철완은 웃음을 계속 이어갈 수 없었다.

처박힌 혈영의 반 수 이상이 몸을 일으키고 있었다.

“이이… 이런 개 같은 경우를 봤나!”

‘그렇게 해선 저들은 다시 일어납니다.’

악성은 철완이 이성을 잃기 전에 해결책을 알려주고 싶었으나, 몸이 말을 듣지 않았다. 혈영들을 어떻게 하면 영원히 움직이지 못하게 할지… 알고 있었다. 아니, 보였다.

‘무혼.’

악성의 생각을 듣고 비틀거리며 무혼이 움직였다.

무혼은 제일 먼저 일어서는 혈영의 목을 잡고서 잡아 뺐다. 너무도 간단해 보이는 동작이었으나, 다음 혈영은 심장을, 그 다음은 목젖을…….

아주 간단한 움직임으로 십여 명을 죽인 후 다시 되돌아와 악성의 앞에 섰다.

“……?”

철완은 자신의 공격을 받은 혈영들은 일어서고, 무혼의 간단한 공격을 받은 혈영들이 일어나지 못하자, 은근히 자존심이 상한 표정을 지었다.

“이것들이 지금 나를 뭘로 아는 거야!”

지금까지 구유탈백에 이어 구유풍운악(九幽風雲樂)을 사용했던 적은 오십 년 전 단 한 번이 유일했다.

진기의 소모도 소모지만, 피해 범위가 무려 백여 장에 달해 피해에 적아의 구별이 없어 사용하길 기피하는 무공이기도 했다.

‘강시 따위의 공격에도 일어서지 못하는 것들이…….’

스스스스—

바람이 일었다.

구유탈백을 시전할 때는 이리저리 휘둘리던 혈영들이 서서히 허공으로 떠오르기 시작했다.

바람이 들어올리고, 구름이 그들을 감싸니, 흥겨움만이 남는다.

구유풍운악!

철완의 전신에서 허공에 떠오른 오십여 혈영을 향해 백색 빛을 뿌렸다.

파바바박—!

수많은 백광이 붉은 구름을 꿰뚫고 지나갔다.

'……'

그 모습을 바라보는 악성은 생각을 전할 수가 없어 안타까웠다.

흐름만 끊으면 혈영들은 동료들의 피를 통해 힘을 보충할 수 없었다. 악성의 눈에만 보이는 흐름을 철완이 알 리 없었다. 허공에 떠오른 인원은 오십여 명에 이르렀지만, 전력은 백여 명일 때와 마찬가지였다.

쿵. 쿵.

'……!'

악성의 심장이 벽에 부딪친 이후 처음으로 뛰었다.

탁휘룡의 사량겁화공에 당했던 복부의 꿈틀거림도 어느새 사라지고 없었다.

의지를 실으면 된다.

심장의 감각이 풀리면서 아래로, 위로 감각들이 살아났다.

어서, 어서…….

급하다고 되는 것이 아니고, 기다리면 알아서 자연히 되는 것이다.

풀썩, 웃음이 나왔다.

'천지인의 도'가 지금의 상황과 너무도 딱 들어맞잖은가.

몸을 믿었다. 생각을 실천해 주는 몸이니, 알아서 의지를 실천해 주리라.

왼손이 들려졌다.

회색빛으로 물든 손.

'일제히 심장을 뚫는다.'

스스스슷—

회색빛 안개가 철완의 기운과 엮이며 허공으로 퍼져갔다.

악성의 행동은 너무 자연스러웠기에 앞에서 구유풍운악을 펼치는 철완조차 느끼지 못하고 있었다.

퍼버벅—!

짧게, 그러나 정확히 오십여 혈영의 심장이 뚫리며 일제히 피를 흘렸다.

"……."

철완은 결코 이런 식의 결과를 생각하지 않았다.

결과적으로야 원하는 결과를 얻어냈지만, 혈영의 머리를 떼어낼 생각이었기에 떨어져 내리는 시체들을 보며 고개를 저었다.

그의 고개가 획 돌려졌다.

무혼에 가려진 악성은 여전히 누워 있었다.

이런 식이라면 나머지 백 명도 안 되는 인원을 죽이는 건 일도 아닐 것 같았다.

빨간 줄처럼 일렬로 장내를 벗어나는 혈영들을 보면서도 철완은 쫓아갈 생각은 하지 않았다. 이미 싱거운 일이 돼버린 싸움에 흥미를 잃은 탓이다.

"뭐가 뭔지… 오십 년 만이라 손맛을 잃어버렸나?"

그가 입맛을 다실 때였다.

"형님, 여전히 엄청난 위력입니다. 구유풍운악을 본 것이 얼마만입니까. 허허허!"

백리풍이었다.

굳이 나서지 않아도 된다는 정천의 두 호법, 창룡일해(蒼龍一海) 마오와 승천제일창(昇天齊一槍) 이청진의 말을 듣지 않고 북궁악과 단소동, 두 사람과 함께 정천에서 나온 것이다.

"아, 백리 아우. 자네한테 그런 말을 들을 정도는 아니야. 켈……."

무언가 찜찜한 것이 남은 탓이다.

백리풍의 시선이 철완한테 향한 것과 달리, 북궁악과 단소동은 무혼에게 시선을 주었다.

백치미가 흐르는 얼굴 때문이 아니었다.

무혼의 주위에 흐르는 기운 때문이었다.

생이 멸하니 당연히 음이 강해야 하건만, 음과 양이 엇비슷하게 느껴지고 있잖은가?

강시들의 특성을 잘 아는 두 사람한테는 놀라운 일이 분명했다.

'생기가 있다. 강시가 분명하건만.'

소소마군의 능력이 빛을 발하는 순간이었다.

이혼시나 일혼시라면 음의 기운이 강하겠으나, 무혼시에는 사람의 피가 들어가 있었다. 즉, 음과 양의 기운이 함께 들어가 있기에 북궁악이 놀란 것이다.

두 사람의 생각을 알아차렸는지, 철완이 만류하는 손짓을 했다.

"켈켈… 저놈을 보호하려고 했을 테니, 정상이 아닐 걸세."

북궁악은 이채를 발하며 물었다.

"강시가 맞습니까?"

"저 녀석은 극구 말하길 거부하지만, 강시가 맞네. 저런 계집이 세상에 어딨나. 몸은 강철 같고, 주인의 생각까지 읽고 말이야. 켈켈켈."

"예? 주인의 생각을 읽는다고 하셨습니까?"

철완은 추궁하듯이 묻는 북궁악을 바라보고는 입맛을 다셨다.

"뭐, 내가 본 건 아니지만. 그렇다니 그런가보다 하는 거지."

"저 청년이 주인입니까?"

"아, 몰라!"

철완은 버럭 화를 냈다.

북궁악의 계속되는 질문에 안 그래도 뒤숭숭한 머릿속이 복잡해졌기 때문이었다.

머쓱해하며 북궁악이 사과했다.

"죄송합니다. 저런 강시를 만들어낼 자가 있다는 얘길 들은 적이 없어서……."

"나도 그랬어. 한데… 저기 있잖아. 암황무적군단이란 곳, 생각보다 재주가 많은 것 같아."

백리풍은 사람들의 관심이 무혼을 향하자, 고개를 돌렸다.

무혼의 뒤에서 자신을 보는 눈과 마주쳤다.

담담한 악성의 눈.

네 사람의 말을 모두 들었을 텐데도 인기척도 내지 않고 가만히 있었다.

"철 형님, 저 청년을 알고 계신 듯합니다?"

"여운휘를 데려올 여아와 함께 있었으니, 당연히 올 줄 알았지. 내가 얘기했던 무혼지주란 녀석이네."

"아!"

백리풍은 탄성은 질렀으나, 기대했던 모습과 너무 달라 실망한 눈빛을 드러냈다.

철완이 악성을 보며 보챘다.

"이놈아, 정신이 들었으면 냉큼 달려와서 인사 안 해?"

조금 전의 상황… 탁휘룡의 공격이 끝나고 난 후의 일이었다.

악성이 나가떨어지고, 무혼이 악성을 지키기 위해 앞으로 나섰던 당시의 일을 떠올렸다.

"검강을 한꺼번에 수십 개나 날릴 수 있는 녀석과 무슨 배짱으로 싸우려는 게야. 켈켈켈."

백리풍은 깜짝 놀라서 반문했다.

"누가 그런 능력을 보였습니까?"

"내 추측으로는 혈왕이란 놈이 아닐까 싶어. 여운휘로 위장해서 정천으로 가려 했던 모양이야. 천이가 걱정이 돼서 달려온 걸 이해할 수 있겠더군. 아직도 손이 쩌릿해."

철완은 자신이 탁휘룡의 검강을 모두 막아냈다고 여기고 있었다. 그가 도착했을 때만 해도 악성의 모습은 말이 아니었다. 그런 상태로 검강을 막았다? 상상도 할 수 없었다.

악성의 눈에 무혼에 대한 관심을 접은 북궁악, 철완과 백리풍의 애기를 듣는 단소동, 가녀리게만 보이는 무혼의 모습까지 한눈에 들어왔다.

떠오르는 사람은 제제와 위지무, 담사우였다.

고개를 슬쩍 움직여 봤다.

별문제 없었다.

일어나야겠다고 생각하자마자 마치 누가 밀기라도 한 것처럼 일어나 있었다.

"어?"

악성은 뒤를 돌아봤다.

뒤에 누군가가 있을 리 없잖은가.

악성이 낸 소리를 듣고 네 사람이 일제히 돌아섰다.

"괜찮은 게냐?"

철완은 질문을 하고도 얼떨떨한 표정을 지우지 못했다.

이리저리 몸을 움직이는 악성의 행동을 보며 건넬 수 있는 질문이 아니었다. 말을 하고 나서도 이상한지, 그는 고개를 갸웃거렸다.

악성은 몸에 별 이상이 없는 걸 확인하고 나서 철완을 향해 빠르게 인사를 건넸다.

"도움 감사했습니다. 급한 일이 있어서 먼저 가봐야 할 것 같습니다. 죄송합니다."

"뭐?"

악성의 얼굴에 다급함이 그대로 드러났다.

철완은 황당한 얼굴로 이유를 물었다.

"네 몸부터 챙겨야지, 어딜 간다는 게냐."

옆에 있던 백리풍이 인자한 얼굴로 말했다.

"묻고 싶은 말이 있네. 자네가……."

그러나 그는 말을 멈출 수밖에 없었다.

악성이 이미 천마행공을 펼쳐 날아갔기 때문이다.

네 사람 중 아무도 악성보고 떠나도 좋다는 말을 하지 않았다.

훌쩍 신형을 날린 악성의 모습에 백리풍의 안색이 살짝 굳어졌다. 철완의 말을 들어 제법 실력이 있다는 건 알겠지만, 저런 식의 행동은 곤란했다.

"건방진 녀석이군."

혼잣말이었다.

"그 녀석 참… 하여간 걸물이야. 그런 상처를 입고서 저렇게 펄펄 나는 걸 보면 말이야. 켈켈켈."

백리풍은 철완이 감싸는데 굳이 화를 드러낼 필요 없다고 생각했는지, 예의 인자한 웃음을 지으며 말했다.

"허허허. 형님, 혈왕이란 자의 실력을 직접 보고 싶어서 나왔는데 다음 기회로 미뤄야겠습니다. 두 분께서도 혈왕의 실력이 궁금하지 않습니까?"

북궁악은 별 관심 없는 표정이었고, 단소동이 고개를 끄덕였으나 과히 관심있어 보이진 않았다.

백리풍은 두 사람의 반응에 개의치 않고 다시 물었다.

"준비하고 계신 일들은 잘 진행되고 있습니까?"

"……?"

단소동이 의아한 얼굴로 백리풍을 쳐다봤다.

"천검과 적각, 청권이 한 뿌리에서 나왔다는 걸 아직도 숨겨야 할 필요가 있을까요? 물론, 우리 셋의 무공을 한 몸에 받아들여 익힐 기재가 있어야 하지만……."

"……!"

"……!"

백리풍이 철완이 있는 자리에서 얘기를 꺼낸 이유를 두 사람이 모를 리 없었다. 이미 백리천이 적각선의 모든 진전을 이었음을 은근히 알리려는 의도였다. 그러나 오히려 그의 말은 두 사람의 마음을 가볍게 만들었다.

'현이도 천검을 익혔다. 드러내지 말라 일렀을 뿐……'

북궁악의 내심과 마찬가지로 단소동 역시 속으로 웃었다.

'정아, 기회는 언제든 오게 되어 있다고 했잖느냐.'

둘의 내심을 아는지, 모르는지 백리풍은 앞만 보고서 하던 말을 계속 이어갔다.

"이번 혈왕 사태가 마무리되면 제가 마련한 장소로 세 아이를 보냈으면 합니다. 훌륭한 경쟁자가 있어야 아이들은 성장하는 법이니까요."

북궁악은 고개를 끄덕였다.

"벌써 준비를 하고 계셨군요."

단소동은 북궁악과 다르게 가볍게 말을 받았다.

"저도 정이가 도착하는 대로 준비하라 이르겠습니다."

백리풍의 입가에 슬쩍 웃음이 걸리는 걸 두 사람은 보지 못했다. 그만큼 백리천이 북궁현과 단정을 거느릴 걸 의심하지 않는다는 뜻이었다.

철완은 마치 혈왕 따위는 안중에도 없다는 듯이 말하는 세 사람에게 자신이 겪었던 일을 말해줘야 하나 싶었다.

'저렇게 자신있어 하는데, 굳이 궁색하게 설명할 필요는 없겠지. 켈.'

그때, 탁휘룡의 마지막 공격이 떠올랐다.

혈영들을 상대하느라, 잊고 있었던 것이다.

'가만, 그 자식이 검강을 모두 나한테 날렸던가?'

그것도 확실하지 않았다.

'……?'

북궁악의 시선이 무심코 철완을 바라보다가 하늘로 올라갔다.

무언가 반짝거리는 빛을 본 것 같았다.

하얗게 빛을 뿌리는 세 개의 물체.

"삼위성!"

북궁운혜가 정천에서 나간 지 한참이 지났다. 아직도 이 근처에 머물고 있다는 뜻은… 싸우고 있다는 뜻이리라.

백리풍은 어리둥절한 철완과 단소동을 보며 하늘을 가리켰다.

"저것을 보고 하는 말인 것 같습니다, 형님."

그제야 철완과 단소동의 입에서 탄성이 터졌다.

"놀라운 재주로고!"

"……!"

특히 단소동의 놀람은 충격에 가까웠다.

'저런 높이에서도 진기로 조정이 가능하다고?'

네 사람은 앞서거니, 뒤서거니 신형을 날렸다.

북궁악은 혹시나 하는 생각에 고개를 흔들었다.

'녀석은 누구보다 내가 잘 안다. 삼위성을 고안해 낼 만큼 진법에 대한 조예가 남다른 녀석이다. 더구나 현이도 있고.'

정말로 위험한 순간만 아니라면…….

악성은 무조건 창산 방향으로 내달렸다.

무한과 창산의 길목에서 남동쪽으로 한참을 날아가자, 피가 빠르게 순환되며 익숙한 기운이 느껴졌다.

오른쪽으로 방향을 튼 지 얼마 지나지 않아 그의 눈에 어이없는 광경이 눈에 들어왔다.

'제?

제제가 위지무의 뺨을 후려갈기며 소리치고 있었다.

"위지무, 눈 떠!"

악성은 귀밑에서 시작된 소름이 얼굴 전체를 감싸는 걸 느꼈다.

그의 눈에 위지무와 위지무의 뺨을 때리는 제제의 모습만이 눈에 들어왔다.

여전히 제제의 목소리가 장내를 울렸다.

"눈을 뜨란 말이야! 그한테 혼나지 않게 해준 댔잖아!"

북궁운혜의 삼위성 덕분에 혈영전사 둘을 빠르게 제압한 이들은 곧장 제제를 따라 이곳으로 온 것이다.

혈영전사들과 대치하고 있던 북궁운혜 등의 시선이 일제히 제제의 얼굴로 향했다.

조금만 늦게 도착했어도 위지무뿐만 아니라, 제제까지 죽었을지도 모르는 상황이었다. 그런데 위지무가 죽어서 슬픈 것이 아니라, 누군가한테 혼나게 생겼다고 오히려 화를 내고 있는 것이 아닌가.

황당해하는 그들과 정반대의 표정으로 제제를 바라보는 사람이 있었다. 그는 담사우로 제제의 말이 말일 뿐이란 걸 잘 알고 있었던 것이다. 그녀의 마음을 알고 있기에 그녀가 얼마나 괴로워하고 있는지 가슴으로 느끼는 것이다.

악성은 땅으로 내려서며 제제의 등을 두드려 주었다.

“어떻게 된 일이야?”

돌아보는 제제의 눈에 눈물이 그렁거렸다.

천산에서 총령 대원의 죽음에 분노하던 그 표정이었다.

“위지 각주가 많이 다쳤어?”

“…었어.”

“뭐?”

“죽었어.”

“그럴 리가…….”

악성은 애써 태연한 척 위지무를 잡고서 흔들었다.

꼼짝도 하지 않았다.

다시 조금 더 세게 흔들었다.

그러나 마찬가지로 차가운 몸은 움직이지 않았다.

서서히 악성의 표정이 굳어갔다.

“누구야, 누가 위지 각주를 죽였어!”

“……!”

제제는 악성이 이렇게 화를 내는 모습을 본 적이 없었다.

그녀 자신도 모르게 고개를 돌려 악성을 바라보고 있는 혈영전사 다섯을 눈으로 가리켰다.

“저들이야?”

제제는 고개를 끄덕였다.

악성의 시선이 혈영전사들과 대치하고 있던 백리천과 북궁현, 단파를 지나, 칠현금쇄를 꺼내 들고 있는 북궁운혜의 얼굴에 잠시 머물렀다.

북궁운혜는 멀쩡하게 나타난 악성을 보며 웃었다.

‘무사하셨구나. 다행이다.’

악성이 분노하기 전에 혈영전사 다섯을 향해 소리쳤다. 평소의 그녀를 모르는 사람들이 봤다면 북궁운혜의 목소리가 원래 큰 줄 알았을 것이다.

“당신들은 한 사람을 상대로 너무했다는 생각이 들지 않나요?”

꾸짖는 그녀의 목소리에 위엄이 실려 있었다.

눈빛은 차분했고 당장이라도 손을 쓸 태세였다.

혈영전사 중 한 명이 어이없다는 듯이 대답했다.

“화를 낼 사람은 우리야. 전사 둘은 어디 있느냐?”

쫓아갔던 혈영전사 둘을 가리키는 말이었다.

북궁운혜는 냉소했다.

“우리가 무사한 걸 보면 모르나요?”

“……!”

질문한 혈영전사의 표정이 일그러졌다.

조용히 사태를 관망하던 단파의 시선이 앞으로 나선 혈영전사를 유심히 쳐다봤다.

“당신은 무당파의 장로, 만검자(萬劍子)로군.”

“……!”

단파의 말에 한 혈영전사가 깜짝 놀란 표정을 지었다.

정보를 다루는 사람이라면 한 번쯤 들어봤음직한 이름이다.

담사우는 인상을 찌푸렸다.

만검자는 그도 알고 있었다. 무당파의 장로로서 검으로는 무당제일이라고 불리던 자였다. 납득할 수 없는 상황이라 단파의 부연 설명을 기대하며 돌아봤다.

단파는 혼잣말처럼 중얼거렸다.

"그럼 다른 자들의 실력도 당신과 비슷하다는 말이겠군."

만검자라 불린 혈영전사를 위해서 다른 혈영전사가 앞으로 나섰다.

"크크큭. 마치 두 전사를 죽이기라도 한 것처럼 기고만장이군. 네가, 죽은 저 멍청이가 말하던 무혼지주란 자라도 되느냐? 그런 식으로 언제든 죽일 수 있다는 표정은 곤란해."

그의 말에 사람들의 모든 시선이 일제히 악성을 향했다.

"무혼지주?"

위지무는 죽기 직전까지 악성을 기다린 것이다.

악성은 그 모습이 저절로 떠오르자 속에서 치솟는 불길을 주체할 수 없었다.

죽은 사람을 보고 '멍청이'란 표현을 쓰면 안 된다.

적어도! 위지무는 그런 말을 들을 사람이 아니었다.

차갑고 냉정한 목소리가 악성의 입에서 흘러나왔다.

"멍청이? 당신들이야말로 멍청하기 짝이 없군."

혈영전사의 고개가 악성을 향해 휙 돌아갔다.

"뭐라고?"

"내 소중한 동료가 한 말을 믿지 않으니, 멍청이랄 수밖에."

분노를 꾹꾹 누른 말이었다.

혈영전사는 곧 폭발할 것 같은 분노가 담긴 악성의 눈을 보고 잠시 말을 잇지 못했다.

쿵! 쿵! 쿵!

악성은 심장이 마구 폭주하는 걸 느꼈으나, 자제하고 싶은 마음은 전혀 없었다.

눈앞의 혈영전사를 향해 속으로 외쳤다.

'터져 버려!'

엄청난 속도로 몸속을 회전하던 기운을 놓아버렸다.

쫙―!

눈을 통해 기운이 빠져나가는가?

혈영전사의 이마가 점점 크게 확대되어 보였다. 그리고 이마 정 가운데를 뚫는 빛.

핏―

이마가 꿰뚫린 혈영전사의 몸이 잠시 흔들거린 듯했다.

"……?"

비틀거리던 혈영전사는 아찔한 현기증을 느끼며 그 자리에서 무릎을 꿇었다.

'헉! 왜 이리 어지럽…….'

그의 머릿속으로 들어온 빛이 마치 살아 있는 생물처럼 뇌에 머물다 갑자기 폭발을 일으켰다.

퍽―!

겉으로는 전혀 이상이 없는, 오직 혈영전사 본인만이 느낄 수 있는 폭발이었다.

털썩―

뭉개진 그의 뇌에서는 어떠한 명령도 내릴 수 없었다.

악성은 쓰러지는 혈영전사를 보면서 거친 호흡을 뱉었다.

"훅훅……."

얼굴 전체가 땀으로 흥건했다.

겨우 회복한 체력이었으나, 참을 수가 없었다.

'저 사람이 왜 저러지?

제제는 갑작스런 상황에 악성의 곁으로 바짝 붙었다.

"괜찮아? 왜 그렇게 땀을 흘려?"

악성의 모습은 오한 들린 사람처럼 안쓰러워 보였다.

악성은 심장 부위에 손을 댄 채로 고개를 저었다.

"…괜찮아."

혈영전사를 죽이겠다고 생각한 순간 심장에 무리가 갔다.

아릿……!

'윽!

또다시 심장이 바싹 타 들어가는 고통이 느껴졌다.

호흡까지 멈추고 제제를 향해 웃어주었다.

억지로 입을 떼어 담사우에게 명령을 내렸다.

"담 전주, 위지 각주를……."

"예."

담사우는 재빨리 다가와 위지무를 업었다.

백리천은 지금까지 지켜보기만 하다가 처음으로 나섰다.

나름대로 고민을 했던 모양이었다.

"악 공자, 여운휘는 어디에 있소?"

"……!"

그걸 질문이라고.

악성의 사나운 눈빛이 백리천을 향했다.

"당신 때문에 위지 각주가 그렇게 말리는 길을 왔는데! 겨우 그따위 질문을 하고 싶으… 윽!"

화가 치밀어 오르자 심장이 아려 말을 잇지 못했다.

"······?"

북궁현은 악성과 백리천 사이의 일을 전혀 모르고 있었다.

그러나 몇 차례에 걸친 악성의 거짓말에 짜증이 난 상태였다.

짜증을 풀 기회가 적당하진 않지만, 놓칠 그가 아니었다.

"이봐, 그걸 왜 백리 공자의 책임으로 돌려? 네가 여운휘란 놈을 맡지 않겠다고 했으면 혼자서 오셨겠느냐. 흥, 또 허풍을 떨었겠지, 얼마든지 여운휘를 데리고 올 수 있다고 했겠지. 왜, 방금 쓰러진 혈영전사도 네가 해치웠다고 말해보지? 후후후!"

비아냥거리는 말투.

악성을 부축하던 제제가 참지 못하고 백리천을 가리키며 소리를 질렀다.

"저자에게 물어보고 말해! 나한테 떠맡기고 도망간 사람이 누군데! 너 말해봐! 나한테 여운휘 맡기고 튀었어, 안 튀었어!"

제제의 눈이 백리천을 향했다.

"······."

백리천은 제제의 말을 듣고만 있었다.

더도 덜도 아닌 딱 그 표현 그대로였기 때문이었다.

그러나 인정하기엔 그의 자존심이 허락하질 않았다.

"험, 당신이 싫다고 했으면 내가 데려왔을 거요."

"뭐?"

어금니를 꽉 다문 백리천의 표정은 '왜 내게 누명을 씌우느냐'는 표정이 역력했다.

'하!'

악성은 더 이상 이들과 있어봐야 말이 통하질 않는다는 걸 깨달았다.

이럴 때는 위지무가 나서서 잘 해결을 하곤 했는데…….

담사우에게 업힌 위지무를 쳐다봤다.

저들과 더 싸우는 것은 의미가 없었다.

"백리 공자, 그렇게 믿고 싶으면 그렇게 믿으시오. 그리고 당신!"

악성은 북궁현을 가리켰다.

"당신은 앞으로 가급적 나서지 않기를 바라오. 약속만 아니라면 벌써 참지 않았을 테니까."

북궁운혜와의 약속을 말하는 것이다.

그러나 그 약속을 모르는 당사자한테는 어이없는 말이 아닐 수 없었다.

"뭐라고? 네놈이 정말 기고만장……."

"오빠, 그만해요. 적을 앞에 두고 왜 같은 편끼리 싸워요."

"같은 편? 누가 같은 편이냐! 백리 공자를 모함하고 나를 모욕하는 저런 놈들과 누가 같은 편이란 말이냐!"

"그만 좀 하세요. 저는 이미 백리 공자가 제 소저께 여운휘를 맡겼다는 말을 들었어요. 안 그런가요, 백리 공자?"

백리천은 눈에 띄게 당황한 표정을 지었다.

"그, 그건…….''

"그리고 오빠가 먼저 악 공자님을 도발했잖아요. 아끼는 부하가 죽었어요. 저라도 그렇게 했을 거예요!"

"……!"

"……!"

백리천과 북궁현은 할 말을 잃었다.

　백리천은 북궁운혜가 드러내 놓고 악성을 옹호하는 말에 기분이 상
했고, 북궁현은 한 번도 이런 식의 태도를 보이지 않은 그녀의 행동에
당황했다.

第三章
반경인

혈영전사는 혈영들보다 훨씬 질긴 생명력을 지니고 있다.

다친 부위의 상처가 웬만큼 깊지 않으면 죽지도 않을 뿐더러, 암습 정도에 당해서 일어나지 못할 리 없었다.

한참이 지나도 악성과 대화를 나누다 쓰러진 혈영전사는 일어나지 않았다. 이상하게 여긴 다른 혈영전사들이 그의 상태를 살폈고, 일제히 경악 어린 눈으로 서로를 쳐다봤다.

혈영전사가 죽었다!

정말로 위지무가 한 말처럼 됐다.

'무혼지주께서 오시면 니들은 다 죽을 줄 알아!' 라는 황당한 말이 사실이 되는 순간이었다.

'우연이겠지. 저런 멍청이가 한 말 따위……'

혈영전사 다섯 중에 누구 한 사람도 위지무를 공격하지는 않았다.

제제가 담사우를 데리고 사라지자, 위지무는 본격적으로 눈에 힘을
주었다. 그러나 혈영전사가 움직이면 알 수 없는 말로 정신을 빼놓고
물러섰고, 다시 움직이면 또 알 수 없는 말을 하며 정신을 쏙 빼놓았다.

결국 짜증난 혈영전사 중 한 명이 불같이 화를 냈고, 허공으로 떠오
르는 걸 보고서 악을 쓰며 덤벼들다 쓰러진 것이 전부였다.

정말 허무하기 짝이 없는 일을 겪은 건 혈영전사들이었다.

악성이 분노하고, 제제가 안타까워할 명분을 그들은 제공한 적이 없
는 것이다.

북궁현은 여동생의 질책이 미울 만도 하건만, 전혀 신경 쓰지 않는
얼굴로 나섰다. 오히려 만회라도 하려는 듯이 가슴까지 당당하게 폈
다.

"운혜야, 어쨌든 저자들부터 죽이고 보자. 천검묵우파!"

북궁현의 검에서 시작된 빛이 세상에 모습을 드러내자마자 비처럼
일제히 혈영전사 넷의 전신을 꿰뚫을 것처럼 내렸다.

츠츠츠릇―

만검자라 불린 혈영전사가 앞으로 나와 붉은 검을 빙글빙글 돌리며
북궁현의 검은 비를 막아냈다.

쾅―!

묵직한 음향은 그걸로 끝이었다.

"나서지 않을 텐가?"

철완은 북궁악을 보며 물었다.

혈영들과 싸워본 그로서는 저들이 일체가 되기 전에 도와주고 싶어
말을 꺼낸 것이다.

북궁악은 북궁현이 나선 이상 모든 것을 맡길 생각으로 가만히 있었다. 천검묵우파에 이어 천검무형살(天劍無形殺)을 펼쳐야 하지만 아직 그럴 필요는 없는 것 같았다.

"아닙니다. 나서기 전이라면 몰라도 나섰다면 자신이 책임을 져야 하겠지요."

백리풍은 철완의 걱정스런 눈을 보며 의아했다.

"형님답지 않게 걱정이 가득 합니다?"

"켈… 이런 말하는 걸 고깝게 여기지 마시게, 북궁 부주."

"……?"

"백리 아우, 아까 그곳에서 널브러진 시체들 봤지? 그들을 그렇게 만드는데 사용한 초식이 뭔지 아나?"

"……?"

"구유풍운악일세. 그것도 다 죽이지 못하고 겨우 백여 명만 죽이는데 사용했다네. 켈켈켈."

"……!"

백리풍의 안색이 딱딱해졌다.

구유풍운악의 위력을 누구보다 잘 아는 그였기 때문이었다.

방원 백 장을 초토화시킬 수 있는 공격이 겨우 혈영 백여 명을 죽였다?

당연히 경악할 수밖에 없었다.

"믿을 수가 없습니다."

"그래서 하는 말일세. 저들이 본격적으로… 이런, 늦었군. 켈."

네 사람의 시선이 다시 삼위성이 떠 있는 장소로 돌아갔다.

북궁현은 천검묵우파와 정면으로 부딪치고도 멀쩡하게 서 있는 혈영전사를 바라봤다.

'저자는 내가 맞는다고 하더라도 뒤에서 아무런 공격도 하지 않는 저들 셋이 자꾸만 신경이 쓰인다.'

혈영전사 셋을 돌아보는 눈빛을 봤던가?

백리천과 단파가 앞으로 나섰다.

그제야 나머지 혈영전사들도 움직였다.

제제는 그 모습을 보며 코웃음을 쳤다.

"흥! 죽는지, 사는지 보겠다더니 겨우 도움이나 청하면서 무슨……."

북궁현의 사나운 시선이 그녀를 향해 돌려졌다.

그런 시선에 겁먹을 그녀가 아니잖은가.

입술을 삐죽이며 '어디 해볼 테면 해보라'는 눈으로 쳐다봤다.

제제의 행동을 지켜보던 악성은 빡빡한 가슴을 손으로 문질러 보았다. 싸움에 끼어들지는 않더라도 제제를 보호하기 위해서는 심장의 아릿함을 없애야 했다.

'빨리 회복이 되어야 할 텐데…….'

왼손으로 심장을 어루만지는 동작이 빨라졌다.

북궁현이 공격하기 전부터 문지르는 동안 걱정으로 인해 심장이 조금씩 뛰었다.

스스슷─

악성이 의식하지 못하는 사이.

왼손에서 나온 회색 빛무리가 악성의 심장을 감쌌다.

탁휘룡의 마지막 공격에 반응할 때처럼 왼손이 움직인 것이다.

‘……!’

악성은 거친 나무에 송진을 바르는 것처럼 늘적지근한 느낌이 왼손을 감싸자, 재빨리 시선을 내렸다.

‘반지?’

제제가 부적처럼 여기라며 던져 주었던 천마환이 회색빛으로 물들어 있었다.

‘심장이 편안해지고 있다. 혹시 이 반지가 무슨 도움을 주는 건가?’

조심스럽게 손을 떼어내자, 왼손을 감싸던 회색빛 기운이 죽 늘어지며 따라왔다.

악성에게 도움이 된다면 무혼의 몸에도 효과가 있지 않을까?

왼손을 뻗어 무혼의 등에 댔다.

곧이어 일어나는 변화.

악성은 눈을 크게 치뜬 채로 놀랐다.

왼손을 감싸고 있던 회색 빛무리가 무혼의 균형을 잃은 몸을 감싸더니, ‘뚜둑’ 거리는 음향과 함께 뼈를 맞춰주는 것이 아닌가.

쳐졌던 왼쪽 어깨가 오른쪽 어깨와 나란해졌고, 골격들도 제자리를 찾아갔다.

‘놀랍다!’

무혼의 몸이 마치 악성 자신인 것처럼 희열을 느꼈다. 마치 신이라도 된 것처럼 그의 피조물을 살려내고 있는 것이다. 이내 뼈마디 뒤틀리는 소리가 그쳤다.

악성은 담사우의 등에 업혀 있는 위지무를 돌아봤다.

문득 떠오른 생각.

위지무도 살릴 수 있지 않을까?

엉뚱한 생각이란 것을 알지만, 그럼에도 불구하고 시도해 보고 싶었다.

'이 반지가 죽은 사람도 살려내는 효능이 있었으면… 제발.'

서둘렀다.

"담 전주, 이리로."

담사우는 힘겹게 다가왔다.

"위지 각주를 내려놓게."

"예?"

언제 위험이 닥칠지 모르는 상황에서 위지무를 내려놓으라니…….

악성은 다시 한 번 서둘러 말했다.

"어서. 시간이 없다."

"……."

신중한 악성의 얼굴을 보자, 담사우는 더 이상 주저할 수가 없었다.

위지무의 차갑게 식은 몸을 악성의 곁에 내려놓았다.

악성은 주저않고 위지무의 심장에 왼손을 갖다 댔다.

호흡을 가다듬으며 생각에 잠겼다.

차가운 몸을 깨우기 위해서는 뜨거움을 전하면 될까?

모른다. 그러나 어렵게 생각하면 할수록 시간은 흘러간다. 심장에 있던 왼손을 천천히 쓰다듬으며 내렸다.

미약한 기운이 한 올이라도 느껴진다면!

머리와 목을 지나 심장, 더 아래 복부까지 내려갔다.

그때.

"……!"

무심코 지나쳐도 하나 이상할 것 없을 정도의 미약한 온기가 왼손에 느껴졌다.

기이한 일은 거기서 그치지 않았다.

왼손이 머무는 자리에서 느껴지던 미약한 기운이 바람을 만난 불씨처럼 '훅' 하고 일어서며 위쪽으로 올라갔다.

'어찌 된 일이지?'

아무런 조치도 취하지 않았을 때는 분명히 죽어 있던 육체가 악성의 왼손을 갖다 대자, 조금씩 살아나고 있는 것이다.

다 죽어가는 불씨가 살아난 것이다.

악성은 최대한 정신을 집중시켰다.

위지무의 몸에서 일어난 미약한 기운을 놓치면 곧바로 죽을 거란 생각에 목 어림까지 올라가는 동안 숨 한 번 쉬지 못했다.

'응?'

하체 쪽에서 미미한 진동이 느껴졌다.

"우, 움직……."

담사우는 자신의 말에 괜한 부정이라도 탈까 봐 자신의 손으로 입을 가렸다.

북궁운혜는 북궁현의 두 번에 걸친 천검묵우파가 실패하자, 삼위성을 부르며 백리천이나 단파보다 먼저 나섰다.

삼위성은 혈영전사 넷을 포위하고 바닥에 박혔다.

따아— 앙—!

재빨리 그녀의 손을 타고 칠현금쇄가 혈영전사들을 공격했다.

삼위성은 칠현금쇄와 반응하며 푸르스름한 옥빛을 뿜어냈다.

칠현금쇄의 음이 기폭제라도 되는 것처럼 옥빛이 그들을 조여갔다.

삼위성에 주입되는 힘은 순수한 그녀만의 힘은 아니었다.

그녀가 연구한 삼황과 삼선의 무공들은 독특한 성질을 가지고 있으며, 일반적인 무공의 순서와 그 성질이 완전히 달랐다.

삼위성은 그들의 성질을 쫓도록 만든 것이다.

가만히 자리를 지키고 있는 것 같지만, 세 개의 돌은 알아서 위치를 바꾸고 있었다.

안에 갇힌 상대의 움직임에 따라 스스로 변화하는 것이다.

한 명이나 두 명이라면 그녀가 만든 공간을 벗어나기 힘들지도 몰랐으나, 혈영전사는 모두 넷이었다. 그들이 일제히 손을 쓰면 어느 정도의 위력을 뿜어낼 수 있는지, 미지수인 것이다.

그들의 힘에 의해 삼위성은 땅속으로 깊게 파고들었다.

푹—

북궁운혜는 다급한 음성으로 소리쳤다.

"오빠, 어서요! 백리 공자님, 단 공자님, 함께 손을 쓰세요!"

외침이 끝나기도 전에 날아오른 세 명은 붉고, 파랗고, 하얀 빛을 쏟아냈다.

쿠콰콰쾅—!

요란한 굉음과 함께 삼위성에 의해 만들어진 공간은 먼지로 가득해졌다.

"계집, 잘도 수작을 부렸겠다!"

'쉭' 하는 소리와 함께 혈영전사 중 한 명이 북궁운혜를 향해 붉은 검을 쏘아냈다.

"……!"

땅—!

북궁운혜는 재빨리 칠현금쇄를 탔으나, 음이 도달하기에는 거리가 너무 가까웠다.

그때, 혈영전사의 검을 막아선 사람이 있었다.

쾅—!

"조심하세요."

언제 다가왔단 말인가?

악성의 일그러진 얼굴이 그녀의 눈 한가득 들어왔다.

그녀가 고맙다는 인사를 건네기도 전에 들려오는 익숙한 음성.

"서두를 걸 그랬구나."

"아빠!"

북궁악은 나타나자마자 손을 저었다.

퍽—!

멀찌감치 날아가는 것 같던 혈영전사는 허공에서 몸을 틀어 자세를 유지했다.

"네가 당한 것도 무리가 아니구나."

"호호호, 그럼요. 저도 그리 약하지 않다구요."

북궁악은 딸이 무사한 걸 확인하자, 아들에게로 시선을 돌렸다.

한정된 공간에서 벌어지는 싸움치고는 꽤나 격렬했다.

"저 녀석은 또 저리로 가네? 여자도 아닌 물건을 저렇게 주무르는 이유가 뭐야? 켈켈켈."

철완의 눈에 위지무의 전신을 주무르고 있는 악성이 보였다.

그의 말에 북궁운혜는 깜짝 놀라 악성을 돌아봤다.

위지무가 죽은 것에 많이 놀랐을 텐데, 그녀를 구해주러 온 것이 너무 고마웠다.

얼마나 마음이 아팠으면 죽은 시체를 저렇게 어루만질까.

"상심이 클 거예요. 부하가 죽었거든요."

연민이 가득한 음성이었다.

'응? 이 아이가…….'

옆에서 듣고 있던 북궁악은 딸의 음성을 듣고서 불안한 생각이 스쳤다. 하지만 괜한 감정을 들킬 필요는 없었다.

시선을 돌리기 위해 철완한테 말을 걸었다.

"아이들이 다치기 전에 나서야 할 것 같습니다."

"켈. 내 말이."

그러나 백리풍은 완강했다.

"조금만 더 지켜보도록 하지요."

백리천의 활약을 더 보고 싶다는 뜻이었다.

철완은 백리풍의 말에 혀를 찼다.

"쯧쯧. 자네 뒤를 보고 그런 소리를 하게나."

"예?"

철완이 바라보는 곳.

북궁악에 의해 날아갔던 혈영전사가 다가오고 있었다.

"……!"

싸움이 일어나는 장소에서 언제든 일어날 수 있는 아주 사소한 상황이었다. 그러나 북궁악이 생각하기엔 일어날 수 없는 상황이기도 했다.

북궁악의 안면이 일그러졌다.

북궁운혜가 위험하다고 느꼈기에 아무리 못해도 오성의 힘은 실렸을 장력이었다.

다가오는 혈영전사의 복부가 꺼멓게 죽어 있는 걸로 봐서 그는 심상 찮은 부상을 입은 것이 분명했다.

북궁악의 입에서 듣는 이로 하여금 움찔거리게 만드는 음성이 흘러 나왔다.

"다시 온다고?"

그의 손에서 검이 빠져나오는 것과 동시에 공간이 잘렸다.

슈— 악—!

'핏' 하는 소리와 함께 혈영전사의 팔이 떨어졌다.

그 모습에 백리풍은 처음으로 인상을 썼다.

'끄음…….'

세로로 반듯이 잘렸어야 하는 상황임에도 북궁악의 검을 피한 것이 다.

철완의 말이 과장이 아님을 그제야 깨달았다.

그는 자신의 아들, 백리천을 쳐다봤다.

붉은 빛을 뿜어내며 혈영전사를 몰아붙이는 모습이 보였다.

그러나 압도적이진 않았다.

북궁악의 검을 피하는 자들이었다.

슷—

혈영전사를 향해 날아간 백리풍은 그대로 백리천이 상대하던 혈영 전사의 몸을 뚫어버렸다.

퍽—!

짧은 소리와 함께 백리천은 백리풍의 모습을 볼 수 있었다.

그 한 수는 상징적이었다.

손을 쓰던 다른 혈영전사들이 공격을 멈추고 뒤로 물러섰다.

백리천은 당황한 음성으로 백리풍을 쳐다봤다.

"아버님, 제가 충분히 상대할 수 있습니다."

북궁운혜를 의식한 행동이었다.

백리풍은 백리천을 보지 않고 천천히 말했다.

"그저 그런 고수였다면 나도 나서지 않았을 것이다. 이들은 사술로 인해 기이한 능력을 지닌 자들이다. 혈왕이란 자가 오기 전에 죽이는 것이 옳다."

"……!"

백리천은 아랫입술을 깨물었다.

제제의 모습이 들어왔다. 그에겐 관심도 보이지 않고, 능력도 없이 수완만 좋은 악성을 바라보고 있었다.

'익!'

이번 싸움만 멋지게 마무리 지었어도 여운휘를 떠넘기고 도망갔다는 인상은 면할 것 같았으나, 이젠 소용없는 일이 되어버렸다.

사람들은 백리풍이 나서려는 움직임을 보이자, 일제히 뒤로 물러섰다.

철완도 어떤 결과가 나올지 궁금했다.

한편으로는 다시 살아나는 혈영전사를 보고 백리풍이 어떤 표정을 지을지 궁금하기도 했다.

그는 주위를 휘 둘러보며 악성에게 다가갔다.

"켈. 그만 좀 해둬라. 그런다고 시체가 살아나는 것도 아니고."

이미 북궁운혜가 상황을 알려주어 악성이 어떤 마음일지 알고 있었다. 그러나 죽은 시체에 연연하고 있다 해서 다시 살아날 리 없잖은가.

"……"

악성은 철완의 말을 못 들었는지 여전히 붉게 상기된 얼굴로 위지무의 얼굴에 손을 대고 있었다.

"쯧쯧쯧. 대라신선이 와도 힘들 테… 헉!"

스르륵—

감겼던 위지무의 눈이 떠졌다.

철완은 찢어질 듯 눈을 부릅떴다.

"주, 죽은 게 아니었느냐?"

그제야 악성이 철완을 돌아봤다.

"죽긴요. 이렇게 멀쩡하게 살아 있는데요. 하하하!"

"……!"

곁에서 하나도 빠짐없이 지켜보고 있던 담사우는 전신에 소름이 쫙 끼치는 걸 느꼈다.

'도대체 이런 일이…….'

뻔히 보면서도 도저히 믿을 수가 없었다.

제제는 겉으로 드러내진 않았지만, 떨리는 몸을 조심스럽게 움직여 악성의 뒤로 숨었다. 본능적인 행동이었다.

가장 먼저 위지무의 죽음을 확인한 사람이 그녀였다.

죽었다고 생각했던 사람이 살아났으니, 아무리 제제라 해도 놀라지 않을 수 없는 것이다.

그녀는 악성의 등에 한 손을 얹고서 위지무를 가리켰다.

"지, 지금 뭐 한 거야. 위지 각주를 살려낸 거… 야? 나 지금 헛것을 보는 거 아니지, 그치?"

그래도 믿을 수 없는지, 담사우를 쳐다보며 다시 물었다.

"담 전주, 내가 하는 말 들려? 어이, 야!"

"······."

담사우는 제제의 허둥대는 모습을 바라보며 멀뚱히 눈만 깜빡거렸다. 그도 어리둥절하긴 마찬가지 아닌가?

악성은 눈만 깜빡거리는 위지무의 얼굴에서 시선을 떼지 않았다.

왜 이리 가슴이 뛰는가.

뿌듯함에 저절로 긴 숨이 흘러나왔다.

"휴우… 위지 각주, 다시 살아난 소감이 어때?"

위지무는 눈을 감으며 전신의 감각을 느끼려 꿈틀거렸다.

부르르―

발가락 끝에서 손가락 끝까지 그제야 피가 통하는지, 저려왔다.

입을 씰룩거렸고, 고개를 좌우로 흔들었다.

그는 음양경의 내용을 믿은 것이 얼마나 다행스러운지 몰랐다.

정말로 죽었다가 다시 살아난 것이다.

"아… 고자께서… 사려… 주디… 거니까……."

악성은 고개를 끄덕였다.

아직도 믿을 수 없는 표정으로 지켜 서 있던 제제가 느닷없이 위지무의 머리를 힘차게 때렸다.

'딱!' 하는 경쾌한 소리와 함께 위지무는 황당한 눈으로 그녀를 쳐다봤다.

"말 똑바로 안 해! 이게 어디서 멀쩡한 남자를 고자로 만들어. 안 되겠다. 너 그냥 일어나지 말고 죽어라."

팔까지 걷어붙이며 그녀는 정말로 죽이겠다는 듯이 위지무를 향해 다가섰다.

그 모습을 바라보던 철완은 뭐가 그리 즐거운지 고개까지 뒤로 젖히며 파안대소를 터뜨렸다.

"맞을 짓했네. 켈켈켈!"

제제는 '얼씨구나' 하는 표정으로 말을 받았다.

"호.호.호. 구유대제께서도 맞을 만 하다고 하네? 너 일루와."

"히익!"

위지무는 일어서지도 못하고 누운 채로 옆으로 마구 굴렀다.

심각한 장내의 상황과는 완전히 동떨어진 세계로 빠지는 모습에 슬쩍 눈을 돌리던 북궁운혜는 절로 웃음이 나왔다.

'악 공자님과 함께 있는 사람들은 왜들 저렇게 즐거워하는 거지? 나도 저곳에 함께 있고 싶다.'

다른 사람들은 그저 위지무가 죽었다 살아난 것으로만 믿을지 모르나, 그녀는 다른 생각을 하고 있었다.

심장이 뛰지 않게 만드는 호흡법, 모공을 닫아 완전히 죽은 척하는 귀식대법 등. 위지무가 사용할 수 있는 방법은 많았다. 아마도 혈영전사들과 싸워서 이길 자신이 없기에 취한 방법이리라.

정말로 재치 하나는 인정하지 않을 수 없는 사람이었다.

실제 위지무는 음양경의 한 구절을 떠올리고 도박을 벌였었다.

인간이 죽으면 양의 기운은 쇠하고, 음의 기운이 극에 달하게 되는데, 이는 인위적으로도 얼마든지 가능하게…….

가능하다면 살 것이요, 그렇지 않다면 죽을 수밖에 없었다.

운이 좋아 살아난다면 분명히 악성이 구해줄 것이란 확신을 하고서 벌인 도박이었다.

이기면, 지금처럼 하겠다는 다짐과 함께.

"이봐! 시뻘건 귀신들!"

위지무의 외침에 잔뜩 긴장하고 있던 혈영전사들의 시선이 돌아갔다. 자연히 백리풍과 북궁악, 단소동도 함께 돌아봤다.

"무혼지주께서 오셨으니, 니들은 이제 다 죽었어! 파하하하!"

"……."

혈영전사들은 어이없는 표정으로 위지무를 쳐다봤다.

혼자서 날뛰다 알아서 죽은… 척했고, 희한하게 다시 살아난 모습이 그들한텐 놀랍지도 않았다. 그저 '아, 살아났나?' 하는 정도의 감흥 외에는 없었다. 언제든 죽일 수 있다는 생각을 갖고 있는데, 무엇 때문에 동요를 하겠는가.

그러나 위지무가 소리친 내용은 백리천과 북궁현의 얼굴을 일그러뜨렸고, 단파의 얼굴에 웃음이 걸리게 만들었다.

이 자리의 주인공이 순식간에 그들에게서 악성으로 변해 버렸기 때문이고, 단파의 웃음은 그런 두 사람을 향한 것이었다.

묘한 분위기가 마음에 들지 않았는지, 백리풍은 인자한 웃음과 함께 슬쩍 다리를 들어올렸다.

붉은 용 세 마리가 나선형으로 곧장 쏘아가며 혈영전사 셋의 방어를 뚫어버렸다.

퍼버벅—!

한 팔을 잃은 혈영전사는 멍하니 있다가 동료의 배를 뚫고 나오는 붉은 용의 공격에 그대로 가슴을 내주고 말았다.

팍—!

"……!"

백리풍의 다리는 보이지도 않았다.

붉은 용 세 마리가 알아서 움직이며 혈영전사들의 몸을 꿰뚫은 것만 보였다.

"적룡아(赤龍牙)!"

백리천은 자신도 모르게 중얼거렸다.

적이 열이든 백이든 상관없었다.

적각의 이빨이 세상에 모습을 드러내면 원하는 공간을 지배하고 만다.

백리천이 펼치는 적룡아와는 비교할 수 없는 위력이었다.

백리풍은 쓰러진 넷에게 재차 손을 쓰지 않았다.

일어날 수 있으면 얼마든지 일어나 보라는 눈으로 지켜봤다.

철완은 혀를 찼다.

일어서리라.

그의 확신이었다. 그들보다 못한 혈영들도 그의 공격에 맞고서 일어나지 않았던가. 한 팔을 잃은 혈영전사의 힘을 흡수하고 나머지 셋은 이전보다 더 강해져 일어서리라.

예상은 적중했다.

쓰러질 때보다 훨씬 빠르게 일어선 혈영전사 셋은 곧바로 반격을 시도했다.

쉭—

백리풍은 기가 막혔다.

"허허. 사혈을 모두 제거했다는 말인가?"

붉은 기운이 그의 몸을 휘감았다.

다음 공격이 마지막이라고 예고하는 듯했다.

"……."

악성은 철완과 백리풍 사이의 아주 미묘한 차이를 느꼈다.

두 사람 다 굉장한 능력을 지니고 있는 것이 사실이었으나, 살아 움직이는 기를 사용한다는 점을 제외했을 때, 그 차이는 확연히 드러났다.

철완의 공격이 '툭' 던지는 형태라면, 백리풍의 공격은 낚시 바늘처럼 '콱' 움켜잡는 형태였다. 즉, 백리풍의 기운과 탁휘룡의 기운은 묘하게 닮아 있는 것이다.

"켈켈켈. 그나저나 저 녀석들을 거느리고 있다는 혈왕이란 놈 이상하지 않느냐? 왜 저런 전력을 가지고 곧바로 정천을 공격하지 않는 게지?"

철완은 악성과 제제를 쳐다봤다.

두 사람이 그걸 어떻게 알겠는가마는, 대답하지 않을 시에는 또 무슨 강짜를 부릴지 모를 노인이었다.

제제가 퉁명스럽게 대답했다.

"저것들을 처리할 만한 일이 있었겠죠."

"그게 무슨 말이냐?"

악성은 혹시나 하는 얼굴로 제제를 보며 물었다.

"저 사람들을 버린다는 뜻이야?"

"호호호. 역시 똑똑하다니깐. 뭔가 계획이 틀어진 거야. 그렇지 않고서야… 아! 여운휘는 정말 어떻게 됐어?"

이젠 '당신'이란 표현도 서슴지 않는 제제의 말에 악성은 웃었다. 싫지 않았기 때문이다. 위지무의 죽음을 본 이후로는 오히려 안심이 됐다.

"여운휘 얘기는 조금 있다가 해줄게. 하던 말이나 계속해 봐."

“뭐 얘기랄 것도 없어. 지가 도망가려고 저들을 버려두고 안 나타나는 것 같다는 거지. 이곳에 있는 사람들 중 고수 아닌 사람이 없잖아. 저 여시를 비롯해서.”

“여, 여시?”

“그럼 저 여시가 남자야? 왜 매번 이런 식으로 만나나 몰라. 그렇지 않아?”

“…….”

악성은 철완을 돌아봤다.

“켈. 왜 날 보느냐. 너희들 문제에 날 끌어들일 생각은 하지도 말거라. 안 그래도 머릿속이 복잡하거늘. 커험.”

제제의 말은 그럴듯했다.

‘저들을 버린다? 정말 쓸모가 없어져서? 아니면 뭔가 다른 계획을 준비하고 있어서? 켈. 아무리 생각해도 이해할 수가 없네.’

그때, 혼잡한 그의 머릿속을 뻥 뚫어버리는 소리가 들렸다.

“적룡비행(赤龍飛行)!”

철완의 시선이 돌아갔다.

“아!”

탄성이 절로 나왔다.

오십 년 전에는 그저 흉내만 내던 비기가 이제는 원숙하게 혈영전사 셋을 휩쓸었다.

첫 혈영전사를 뚫고 나간 적룡은 셋을 한꺼번에 휘감으며 붉은 비늘을 뽑냈다. 비늘 하나하나가 분리되며 혈영전사의 몸을 꿰뚫었고, 그 움직임은 셋의 몸이 너덜너덜해질 때까지 계속됐다.

“……!”

철완은 알고 있었다. 혈영전사들이 뻔히 보면서도 막을 수 없다는 것을, 셀 수 없이 많은 비늘 하나하나가 바로 강기라는 것을.

백리풍의 적각이 완성된 모양이었다.

모두들 그의 신기에 넋을 놓고 쳐다봤다.

악성이라고 예외는 아니었다.

멋있었다.

절제된 힘의 사용이라고 해야 할까?

공격과 방어를 그의 마음대로 조절할 수 있어 보였다.

그러나 그렇게 해서는 혈영전사를 죽일 수 없었다.

철완은 혼잣말처럼 중얼거렸다.

"켈. 또 일어나겠지."

예상이 빗나갔으면 좋겠지만, 이미 경험을 한 그가 아닌가.

"정말 징그러운 놈들이야. 나나 백리 아우 같은 고수를 당황하게 만들다니 말이야. 켈켈."

"저들과 싸워보셨어요?"

제제가 놀란 눈으로 철완을 쳐다봤다.

"뭐, 꼭 저놈들은 아니고… 다른 종자들과 잠시. 켈켈켈."

"그럼 아까 저희 손에 죽은 빨간 놈들은 뭐죠?"

"죽다니? 그게 무슨 말이냐."

"저런 빨간 얼굴을 한 두 놈에게 쫓기고 있었거든요. 한데 저것들이 나타나서는 죽이려는 걸 훼방 놓더라고요. 뭐, 결과적으로야 죽이긴 했지만요."

"훼방? 켈. 네가 훼방을 놓은 건 아니고?"

제제가 코웃음 쳤다.

"흥! 저것들이 나타나지 않았으면 걔들은 더 빨리 죽었어요."

"퍽이나."

"이 영… 윽!"

열받은 제제의 입술을 악성이 슬며시 손가락으로 가렸다.

발그레.

제제는 곧바로 조용히 입을 다물었다.

새침한 표정까지 짓는 것이 제법 귀엽기까지 했다.

"그놈 참 신기하단 말이야. 켈켈켈."

말을 하면서도 속으로는 다른 생각을 하고 있었다.

'죽었다고? 어떻게 죽였지? 백리 아우가 죽였다면 저들을 저렇게 다룰 리는 없고. 아니지, 백리 아우는 나하고 같이 왔잖아! 그럼 누가…….'

그의 눈에 자리에서 일어나는 북궁운혜가 보였다.

백리풍의 공격이 끝나고 정적이 흐르는 공간을 세 개의 돌이 감쌌다.

"백리 공자님이 직접 마무리를 하시는 것이 좋을 것 같네요. 머리와 심장을 동시에 찌르세요. 삼변양위(三變兩位)……."

그녀는 주문처럼 읊조리며 칠현금쇄를 퉁겼다.

그녀의 말에 백리천은 셋의 머리를 지력으로 꿰뚫었고, 심장을 적각으로 터뜨려 버렸다.

악성은 그들이 죽었다는 걸 느꼈다.

위지무의 죽음을 알고서 분노하여 머릿속을 터뜨려 버린 혈영전사가 쓰러질 때와 똑같은 느낌을 받은 것이다.

'저들은 다른 사람들과 다르다. 마치 머리와 심장만 있으면 살 수 있는 자들처럼 기이한 통로를 지니고 있다. 그걸 안 것일까?

북궁운혜는 백리풍한테 사과하는 것을 잊지 않았다.

"죄송합니다, 천주님. 제가 감히 나섰습니다. 저들은……."

그녀의 말에 백리풍은 인자한 웃음을 건넸다.

"아니야. 그런 방법이 있는 줄 알았으면 진작 알려주지 그랬나."

그의 말은 아직 끝나지 않았다.

북궁운혜의 시선을 백리천에게 향하도록 만들고는 칭찬을 아끼지 않았다.

"아비가 해결하지 못한 일도 알아서 해결하고. 내가 아들 하나는 잘 키운 모양이구나. 허허허!"

북궁운혜는 알고 있었다. 손을 쓴 당사자가 백리천이 아니었다면, 평생을 백리풍의 눈 밖에 났으리라.

백리풍은 만족스러운 표정을 짓고서 모두에게 돌아가자는 손짓을 했다.

어정쩡해진 사람은 악성과 제제였다.

제제는 악성의 등을 손가락으로 찌르며 물었다.

"우린 어떡하지?"

위지무와 담사우는 일단 상처부터 치료를 해야 했다.

그때, 북궁운혜가 악성을 향해 말을 걸었다.

"악 공자님, 함께 가셔야 여운휘에 관한 얘기를 들을 수 있을 것 같은데요? 두 분도 치료를 하셔야 할 듯하고요."

악성은 제제를 돌아봤다. 그러나 차마 '어떻게 하는 게 좋겠냐'는 질문은 하지 못했다. 북궁운혜를 바라보는 제제의 표정이 좋지 않았기 때문이다.

이 상황에서 무리하게 움직이는 것도 좋지는 않았으나, 제제가 강경하게 나오면 악성으로서도 어쩔 수 없었다.

제제는 북궁운혜가 말을 건네지만 않았어도 모른 척했을지도 몰랐다.

괜히 심술이 났다.

악성이 그녀의 마음을 읽고서 슬그머니 말을 꺼냈다.

"원래 예정대로 산서로 가자. 가면서 치료하면 별문제 없을 거야."

"칫, 어쩔 수 없잖아. 하여간 이것들이 항상 문제야. 죽은 척을 하지 않나, 꿔다놓은 자루 같질 않나. 뭐해, 빨리 안 가고!"

담사우가 재빨리 위지무를 부축했다.

위지무는 슬쩍 뒤를 돌아보며 악성에게 다 안다는 표정을 지어 보였다.

'위지 각주가 살아 있어서 얼마나 다행인 줄 모를 거야. 하하하.'

역시 그가 있을 때와 없을 때는 천지 차이였다.

그런 악성의 마음을 아는지, 위지무도 환한 웃음으로 대답해 주었다.

第四章
정천

혈 왕이 정천 점령에 실패했다는 소문은 삽시간에 각지로 퍼졌다. 당연히 가장 근접한 지역인 섬서에는 모르는 사람이 없을 정도였다.

탁휘룡은 적무극이 기다리는 곳으로 가는 내내 백리풍을 칭송하는 말을 들어야 했다. 기분이 언짢았다.

'왜 이곳에서 만나자고 하셨지?'

동굴에 가까워질수록 이곳을 약속 장소로 정한 적무극의 의도가 궁금했다. 이미 적무극의 사형들이 다녀간 곳이었다. 혹시라도 그들이 섬서 전체 떠도는 소문이라도 듣게 된다면, 가장 먼저 이곳으로 올 것이 뻔하기 때문이었다.

'혹시 무공을 완성하셨나?'

그럴 리는 없었다.

적무극이 무공을 완성했다면 가장 먼저 그에게 알렸으리라.

탁휘룡은 지끈거리는 머리를 내저으며 동굴 안으로 조심스럽게 들어갔다. 얼마 들어가지 않아 붉은 적발에 붉은 눈썹을 한 청년, 적무극이 좌정한 채 앉아 있는 모습이 그의 눈에 들어왔다.

곧장 무릎을 꿇고 고개를 숙였다.

"휘룡이 사부님을 뵙습니다."

적무극은 탁휘룡을 바라보며 의아한 표정을 지었다.

"인형을 데려온다고 하지 않았더냐?"

"……."

"흠, 사연이 있었던 모양이구나."

"…죄송합니다."

"후후. 별일이구나. 네가 그런 소리도 다하고. 나는 너만 있으면 된다. 인형은 얼마든지 구할 수 있다."

탁휘룡은 다시 한 번 깊숙이 고개를 숙였다.

"데려갔던 혈영들과 혈영전사들은 정천의 무리들에 의해 죽은 듯합니다."

적무극은 속내를 알 수 없는 표정으로 탁휘룡을 가만히 바라보다가 대수롭지 않다는 듯이 말했다.

"그들은 언제든 만들 수 있는 인형들일 뿐이다. 사형들의 시선이 백리풍에게 돌아갔으면, 그것으로 충분하다."

너무 태연한 반응에 탁휘룡은 어리둥절한 표정을 지었다.

적무극의 중얼거림이 이어졌다.

"반경인, 그는 이곳에 다시 들를 위인은 아니었던 모양이다. 다시 들르길 고대했지만, 그럴 주제가 아니니 어쩌겠느냐. 이제 우리도 가볼까."

“사부님, 지금도 그들을 상대할 수 있잖습니까. 굳이…….”

“지금이라면 한 명은 상대할 수 있다. 그러나 그들은 셋이다. 더구나.”

‘더구나?’

“가만히 생각하니, 대사형은 이미 다른 신분을 지닌 것 같다. 네 말대로 굳이 아버님의 진전을 이을 필요 없는 상태임에도 말이다. 그 이유가 뭘까?”

“제자는 모르겠습니다.”

“대사형도 이기고 싶은 상대가 있다? 아니면 내가 보지 못한 어떤 경지에 닿기 위해서? 어찌 됐든 최소한 대사형을 상대할 자신이 없으면 나서지 않는 것이 좋겠지. 복수를 할 자신이 있을 때까지.”

탁휘룡은 적무극의 표정을 보며 한 가지를 짐작할 수 있었다.

사부는 얻고자 했던 무공을 얻었다!

“사부님과 제가 없는 동안 그들이 나타날까요?”

“글쎄다… 상관없지 않겠느냐? 어차피 우리가 세상에 나오면 그들을 찾아갈 것인데 말이야. 후후후. 참! 혈왕이 삼황과 삼선 중 마마천황의 후예인데, 백리풍에게 패해 잠적했다는 소문이 나면 어떨까? 재미있지 않겠느냐?”

“아!”

*　　　*　　　*

늘어진 땅거미가 기지개를 켜며 세상을 잠식해 들어가는 시각.

섬서의 성도 서안(西安) 끝단에서 북동쪽으로 이백여 리 떨어진 마을이 시끌벅적했다.

웅리(熊里)라고 불리는 마을로, 서안과 가까워 정파명문들이 자주 들르는 곳으로 유명했다.

점소이는 들어서는 손님들을 보고 허리를 구십 도로 꺾었다.

"어셥셔!"

여섯 명의 남자와 두 명의 미녀.

점소이는 재빠르게 일행을 이층으로 안내했다.

"……."

익숙하게 점소이를 따라 움직이는 남녀를 보는 시선이 있었다.

흑발에 구릿빛 얼굴색을 지닌 청년은 잘 빗어 넘긴 머리를 뒤로 넘기며, 강단있게 생긴 눈썹을 한껏 뽐내고는 지루한 듯 술잔을 입에 털어 넣었다.

'미인들이군.'

올라가던 자들 중 유난히 체격이 좋은 사내의 목소리가 들렸다.

"술과 안주 좀 내와라."

말을 마친 그는 일행을 이끌고 이층으로 올라갔다.

흑발의 청년은 묘한 눈으로 그들을 지켜봤다.

일행을 이끄는 청년은 둥근 얼굴과 어울리지 않게 눈이 쫙 찢어져서 좋은 인상은 아니었다.

점창파의 점창오수 중 한 명인 곽우가 바로 그였다. 무인의 옷차림으로는 어울리지 않게 가죽신과 이마에 건을 두르고 있었다.

나머지 사람들은 곽우의 성격을 잘 아는지, 아무도 입을 여는 사람이 없었다.

그들의 일행 중 이건은 제일 나중에 움직였다.

중키에 호리호리하고 입술이 얇은 그의 눈은 '호호' 거리며 올라가는 두 여자의 뒷모습에 고정되어 있었다.

지금까지 그의 수작에 넘어간 여자만 해도 수십 명은 넘었다.

입맛을 다시는 걸로 봐서 오늘도 수작을 부릴 기세였다.

두 여자는 제법 예쁘장하고 늘씬했으며, 뒤따르는 시선을 충분히 느끼고 있는 듯 허리를 요염하게 비틀며 올라갔다.

이마가 넓고 눈동자가 갈색인 미인은 안령, 다른 쪽은 안령에 비해 아미가 상대적으로 좁아 보이는 화예미였다.

안령의 오빠인 안유성은 화예미를 훔쳐보며 자꾸만 헛기침을 했다. 혈왕의 무리를 물리쳤다는 소문 덕분에 정파명문들은 어깨를 펴며 기세를 올리고 있었다.

이들은 사실 그런 일에는 관심이 없는 자들이었다.

그저 본능에 충실하기 위해, 여자의 환심을 사기 위해 자신들의 문파가 필요할 뿐이기 때문이다.

곽우는 자리에 앉자마자 일행을 향해 말을 꺼냈다.

"이 공자는 이번 싸움에 나서지 않았으면서 할 말이 있던가? 오늘 돌아간다고 한 것 같은데?"

남자 여섯에 여자 둘이다.

치열한 경쟁자를 물리치기 위해 강한 모습은 필수였다.

이건은 지지 않고 응수했다.

"가장 멀리 가서야 할 분께서 그리 말씀하시니 의외군요. 하하하."

곽우의 눈썹이 올라갔다.

안유성은 곽우와 이건을 제외한 세 명을 쳐다봤다.

"세 분께선 왜 아직도 이곳에 계시는 것이오? 우리야 어르신들께서

꾸중을 하신다 해도 감수할 수 있지만……."

"아!"

한 사람이 마치 무언가를 잊은 듯이 벌떡 일어서며 나머지 둘의 손을 잡아 일으켰다. 명문에 들지 못한 자들의 슬픔을 어찌 알겠는가.

일어서는 셋 중 한 명이 멈칫거렸다. 손을 잡아끌던 한 명이 깜짝 놀라 다시 보챘다. 그제야 불만이 가득한 표정의 청년도 어쩔 수 없다는 듯이 자리에서 일어났다. 그래도 안 되겠는지, 돌아서며 자리에 남은 사람들에게 포권을 취하고 인사를 건넸다.

"삼색창(三色槍) 명장, 먼저 돌아가겠소."

인사를 건네든 말든 곽우와 이건은 속으로 안유성의 행동에 박수를 쳐주고 있었다. 당연히 인사를 무시했다.

명장을 잡아끄는 동료만 아니었다면 사태는 심각하게 변했을지도 몰랐다.

세 사람이 주루에서 나가고 이제 남자 셋에 여자 둘만 남았다.

이건의 특기는 술이 나오기 전에 적당한 사건을 일으켜 여자들의 환심을 사는 것이었다. 일어나 주루를 휘 둘러봤다.

'호……!'

마침 적당한 자가 보였다.

구리빛 얼굴에 흑발. 적당히 강해 보이고, 적당히 여자에 관심이 없어 보이는 얼굴이었다. 곽우보다는 낫고, 자신보다는 못하다는 뜻이었다.

지금까지 한 번도 실패해 본 적 없는 그만의 방법을 사용하기 위해 일층으로 내려갔다.

"아는 사람이 있는 것 같습니다. 잠시……."

이건이 갑자기 자리에서 일어나자, 두 여인은 의아한 표정을 지었
다. 이내 그는 한 사람을 데리고 함께 올라왔다.

이건과 함께 올라온 자는 흑발의 준수하게 생긴 자였다.

그는 올라오자마자 아주 예의 바르게 포권을 취했다.

"산동의 반경인이오."

두 여인이 보기엔 영락없는 명문가의 자제였다.

고개를 들던 반경인의 눈이 두 여인을 차례로 훑었다.

'어머!'

'이, 이게 무슨……'

두 여인은 약간은 붉은 듯, 무언가를 갈망하는 듯 바라보는 반경인
의 눈과 부딪치자 힘이 쫙 빠지는 것만 같았다.

"어머, 산동에는 언제고 한 번 가보고 싶었는데."

화예미의 말에 질세라 안령이 질문을 던졌다.

"왜 혼자서 이곳에 계셨어요? 외롭게……"

이건은 곽우와 눈을 마주쳤다.

'이게 아닌데……'

곽우도 위기의식을 느꼈는지 반경인을 쏘아봤다.

반경인의 눈동자가 약간 붉은빛을 띠고 있었다.

'기분 나쁜 눈을 가진 놈이군.'

확실히 기분이 나쁜 눈이었… 나?

단지 눈 때문에 곽우가 고개를 돌렸다?

그는 검강을 구사할 수는 없지만, 기초만은 누구 못지않은 검사의
단계에 들어서 있었다. 겁을 먹었다는 생각을 부정하기 위해 고개를
저었다.

그때, 반가운 소리가 반경인의 입에서 나왔다.

"제가 있을 곳이 아닌가 봅니다. 아름다운 두 소저께 괜히 민폐나 끼치게 됐네요. 이곳 지리를 몰라 근처에 있는 사찰도 가보지 못하고 있던 차에, 이 공자께서 이곳 지리를 잘 아는 분이 둘이나 있다고 해서……."

안령이 자리에서 벌떡 일어나며 손을 마주쳤다.

"어머! 제가 이곳에서 멀지 않은 곳에 살아요. 무슨 사찰인데요? 이름만 대면 제가 안내해드릴 수 있어요."

"령아, 같이 가자."

화예미도 일어나 버리자, 곽우와 안유성의 사나운 시선이 이건을 향했다. 이건은 난처한 표정을 지으며 둘의 시선을 외면했다.

이건이 좋아할 만한 기회가 왔다.

두 사람이 움직이지 않는다면 반경인만 죽이면 두 여인은 그의 차지가 아닌가. 적당한 이유를 만들어내는 것은 그의 또 다른 특기 중의 하나였다.

밖으로 나온 명장은 양손을 잡고 있는 둘의 손을 뿌리쳤다.

"저것이 정파라 불리는 집단이 할 행동인가. 하아……."

두 청년의 표정도 심각해지며 명장의 말에 동조했다.

"어차피 세상이 그런 걸 어쩝니까."

"정천에 속해 있던 많은 사람들이 빠져나오는 데에는 다 이유가 있다니까요. 쩝. 정천과 혈맹을 맺은 문파는 한 곳도 없습니다. 떠나라고 등을 떠밀리는 수모를 견디느니, 차라리 알아서 떠나는 편이 낫겠죠."

명장은 주루 안에서와는 달리, 형형한 안광을 뿜어냈다.

어두운 거리를 꿰뚫어 보기라도 하는지, 한동안 허공을 응시한 채로 멈춰 있었다.

"우리… 정천이 아닌, 진정한 의를 위해 만들어진 우리가 일어섭시다."

두 청년은 이구동성으로 맞장구를 쳤다.

"당연하지요! 진의맹(眞儀盟)으로 가야 합니다."

명장은 고개를 힘차게 끄덕였다.

명장과 두 청년이 속한 곳은 진의맹이란 정파명문들에서 제외된 자들의 세력이었다.

명문이란 허울을 좋아하지 않는 젊은 기재들에게 그야말로 절호의 기회가 아닐 수 없었다.

새로운 세상을 만들기 위해 모든 준비를 끝냈다는데 따르지 않을 이유가 없잖은가.

더구나 맹주는 백리풍 못지않은 실력을 지녔다고 했다.

그 말이 진실이든, 거짓이든 이들 셋에겐 중요하지 않았다.

그들을 필요로 하는 곳이라면, 젊음을 불사를 준비가 끝난 상태이기 때문이다.

안령과 화예미의 얼굴이 활짝 피어났다.

사람은 끼리끼리 모이는 법이라고 하지 않던가.

그녀들을 어찌 한 번 해보려는 늑대들이 여섯이나 되는 자리에서 모른 척 함께 움직일 때는 그녀들 역시 이 방면에는 소질이 다분한 것이다.

반경인은 뒤를 슬쩍 돌아봤다.

‘이건이란 녀석은 이십 장, 다른 두 녀석은 그보다 십 장 떨어져서 따라오고 있군. 재미있어.’

그의 검은 눈동자가 점점 커졌다.

‘세상에 다시 나온 건 삼십 년 만이지만, 여전히 여자들을 보면 가만히 뇌두고 싶지가 않군. 특하나 아름다운 것들은. 크크큭.’

동굴에 대사형 뇌정우가 남긴 옷자락이 사라진 걸 확인했다.

사제가 세상에 모습을 드러낸 것이다.

‘대사형께 선물을 드릴 수 있고, 덤으로 살짝 즐기는 것도 나쁘지 않지.’

앞서 가던 안령이 반경인의 손을 잡아끌었다.

“어서요. 아이, 이러다가 날이 완전히 저물겠어요. 저는 날이 어두워지면 꼼짝을 못한다구요.”

어두워질 때까지 함께 있으면 꼼짝도 안 한다는 말?

이번에는 화예미가 발끈한 표정을 지으며 안령을 밀었다.

“령아, 왜 자꾸 그래?”

“뭐가?”

화예미는 반경인의 손을 잡으며 아미를 찌푸렸다.

“네가 눈치없이 굴면 반 공자께서 얼마나 난처하시겠니. 뒤쪽에 안 공자가 기다릴 텐데, 가보는 게 어때? 반 공자님, 얘가 이렇다니까요. 호호호.”

막상 말을 하고나자, 화예미가 오히려 어리둥절해졌다.

‘응? 내가 왜 이러지? 령이에게 내가 이럴 리가 없는데…….’

생각과 몸이 따로 움직였으나, 내심으로 반경인이 싫지 않았다.

이왕 저지른 일, 모른 척 마음이 시키는 대로 하기로 했다.

"하하하. 왜 자꾸 안 소저를 보내려고 하세요."

반경인은 반대쪽 손으로 안령의 손을 잡았다.

"안 소저도 함께 가야죠. 이 근처 어디에 잠시 쉴 만한 곳은 없습니까?"

두 여인은 동시에 대답했다.

"저 위요!"

"저기요!"

말을 하고 나서 두 여인은 자신들의 행동에 깜짝 놀랐다.

"하하하. 그럼 잠시 쉬었다 가죠."

반경인은 두 여인의 등에 자연스럽게 손을 대고는 앞으로 슬쩍 밀었다. 그리고 손을 내리며 뒷짐을 지었다.

여인의 등에 묻었던 세 가닥 머리카락을 일일이 튕겨낸 것이다.

세 가닥 머리카락은 바람을 타고 날아갔다.

틱. 틱. 틱.

반경인만이 들을 수 있는 소리가 났다.

'이제 방해할 자는 없어진 셈인가?'

삼십 년 만에 풋풋한 미녀들을 안는 것이다.

그의 눈동자를 바라보면 누구도 그를 거부하지 못한다는 걸 두 여인은 몰랐으리라.

동굴 안으로 들어선 두 여인은 누가 먼저랄 것도 없이 머리에 꽂은 비녀를 빼고서 반경인한테 달려들었다.

그는 양손으로 두 여인의 등부터 차근히 쓰다듬어 주었다.

엉덩이에 살짝 머문 손은 더 아래로 내려갔고, 여인들은 자신들이 가장 좋아하는 자세로 몸을 비비꼬았다.

그의 손이 스친 곳.

여인들의 살이 쩍 벌어지며 붉은 선들이 생겨났다.

그곳에서 흐르는 피가 그녀들의 전신으로 흘러갔고, 그것이 마치 애무라도 되는 양 여인들은 기꺼운 신음으로 받아들였다.

"혈왕이란 자가 강했던 모양이지?"

"아흠… 모, 몰라요. 아학!"

안령이 더 큰 자극을 바라며 고개를 들려 했다.

반경인은 왼손으로 그녀의 머리를 지그시 누르고는 화예미를 향해 다시 물었다.

"백리풍이 혈왕을 물리쳤다고 하는데, 사실인가?"

"하앙… 예. 소문에는 그, 그렇… 아… 무… 제… 룽… 헉!"

화예미는 흔들리는 몸을 주체하지 못하고 한 글자씩 말을 하고는 자신의 손으로 가슴을 마구 주물렀다.

그녀는 가슴에 만져지는 끈적한 느낌을 땀이라 여기고 있었다.

반경인의 즐거움은 한동안 계속됐다.

혈왕이란 자가 바로 그의 사제, 적무극이리라.

건드리기만 해도 터져 버릴 것 같은 자들을 상대하지 못해 물러섰다니.

"백리풍과 비견될 만한 자는 누구지?"

그의 손길이 부드러웠다.

"천마… 제… 룽."

"제룽… 구, 구유대제… 아…….."

반경인은 그제야 바지춤을 끌러 내렸다.

그의 몸에서 투명한 검은 빛이 손톱 반 개 정도의 간격을 두고 막을

쳤다.

'현월(玄月)의 기운을 받아들일 것이냐, 여의(如意)의 뜻을 좇을 것이냐… 그때만 해도 받아들이는 것이 좋은 건 줄 알았지, 깨닫는 것이 좋은 줄 누가 알았을까. 그러나 후회는 없다. 두 분 사형께서 충분히 깨달으셨을 테니, 나는 적당히 즐기면서 눈치만 보면 그만이지. 덕분에 이런 즐거움도 생겼잖은가. 후후후.'

삼선 중 유일하게 여인이었던 현월여의선(玄月如意仙)의 심공을 얻은 것은 뇌정우였다. 그녀의 후예가 조금만 더 현명했더라면 미남계에 넘어가진 않았으리라.

아무리 바탕이 되는 사량겹화공을 잃어버렸다고는 해도 근접 거리에서 막을 수 있는 마마천황의 무공이 아니었다. 아니, 반경인은 그렇게 생각하기로 했다.

비록 세 가지 궁금증이 아직도 풀리지 않았으나, 그에게 현월의 기운이 돌아오지 않았는가. 그거면 족했다.

현월여의선의 후예가 있는 곳을 뇌정우가 어떻게 알았는지, 또 현월여의선의 후예라는 그녀가 왜 죽으면서까지 그 무시무시한 현월삼봉공(玄月三奉公)과 여의무적도(如意無敵刀)를 부르지 않았는지, 마지막으로 대사형인 뇌정우의 표정이 왜 그리 어두웠는지…….

당시의 정황상 풀리지 않는 부분들이었다.

그러나 그런 것들을 생각하면 머리만 복잡했다.

지금의 위치에서 더 올라가려 해도, 그의 사형들은 감히 넘볼 수 있는 사람들이 아니었다. 그냥 신경 끊고 현실에 만족하면 그만이었다.

지금처럼 열심히 여인들이 원하는 곳을 긁어주며 즐거운 비명을 듣는 것만으로도 충분하지 않은가.

"후후후. 원하느냐?"

두 여인은 반경인이 어떻게 했는지 진저리를 치며 고개를 마구 끄덕였다.

원한다는데 마다할 이유가 없었다.

반복되는 흔들림과 함께 그녀들의 전신에 흐르던 피가 주위를 적셨다.

*   *   *

정천에서 악성 등을 반길 리 없었다.

정문으로 들어서면서부터 따가운 눈초리는 물론이고, 은근히 적의까지 드러내는 자들도 있었다.

정천의 두 호법, 마오와 이청진은 그런 시선들을 대표라도 하듯이 대놓고 살기 어린 눈으로 쳐다봤다.

악성은 백리풍 등과 함께 있는 건 무리라 판단하고 따로 숙소를 정했으면 한다는 의사를 전했다. 그러자 백리풍은 기다렸다는 듯이 마오를 돌아봤다.

깊숙이 가라앉은 눈의 마오가 악성 등을 향해 다가왔다.

"나를 따라오시오."

건성으로 하는 말이란 것이 확연히 느껴졌다.

툭, 한마디 던진 마오는 이렇다 할 말도 없이 움직였다.

제제는 악성 때문에 화를 눌렀으나, 마오의 같잖은 행동을 보자 참기가 힘들었다.

'뭐야, 이거? 누가 제발 있게 해달라고 사정한 적 있어?'

그녀 성격상, 생각부터 한 건 거의 기적에 가까웠다.

그러나 아직 악성이 이렇다 할 말을 하지 않은 상태라 참고 또 참았다. 괜히 화부터 냈다가 혼나면 진짜 슬퍼질 것 같았기 때문이다.

정말이었다. 제제는 어떻게든 참으려 했다.

그녀의 의지를 산산이 부숴 버리는 마오의 한마디만 아니었으면 참을 수 있었다.

"주군께선 너무 마음이 좋으셔서 탈이야. 너희들은 한시라도 빨리 상처를 치료하고 가야 할 게다. 죽고 싶지 않거든……."

'너, 너희들? 게다가 죽고 싶지 않거드은? 이런 썩어빠질 놈이 어디서 반말이야!'

누구 할 것 없이 악성 일행은 동시에 멈춰 섰다.

당연히 제제의 욕설이 이어졌다.

"야! 너, 다시 한 번 말해봐. 뭐? 죽고 싶지 않거든 빨리 꺼지라고? 니들 잘난 소천주란 녀석이 부탁만 하지 않았어도 여기 올 일 없었거든! 좀 닥쳐 줄래?"

마오의 신형이 천천히 뒤로 돌려졌다.

얼굴 가득히 살기를 드러내며 언제든 손을 쓸 것처럼 기세를 피워 올렸다.

"그 말. 지금 내게 한 말이냐?"

그의 마빡에는 핏줄이 여러 갈래로 퍼져 있었다.

제제가 그런 모습에 기죽을 여인이던가.

그녀는 깜박 잊었다는 듯이 손가락으로 머리를 몇 번 '톡톡' 두드리고는 아깝다는 표정으로 말했다.

"아차! 근방에 사람이 없는 걸 모르고 함부로 말했네. 어쩐다? 마빡에 힘줄 잔뜩 세운, 대단한 고수께서 우리를 어찌해 보기엔 아주 적당한 장소네. 내가 말을 걸어주길 얼마나 기다렸을까? 호. 호. 호!"

번뜩!

마지막 말을 끝낸 제제의 안색은 차갑게 굳어 있었다.

위지무를 부축하고 있던 담사우가 몸을 앞으로 슬쩍 움직였다.

그러나 위지무의 손이 그를 잡고서 놔주지 않았다.

"악 공자님께서 계시잖아요. 쩝. 죽은 척하느라, 악 공자님의 활약을 못 본 게 아쉬웠거든요. 흐흐흐."

능글스럽게 웃는 위지무 역시 만만찮게 화가 나 있었다.

악성은 제제의 행동을 말리지도, 그렇다고 부추기지도 않은 채로 가만히 지켜봤다.

마오라고 제제의 도발을 피할 이유가 없었다.

그가 호법이란 자리에 올라서기 전까지 암황무적군단과의 싸움에서 얼마나 많은 동료를 잃었던가. 또 가족이나 마찬가지인 사형제들을 얼마나 잃었던가.

이런 기회는 흔치 않았다.

상대가 제릉이 아니란 건 더없이 아쉬웠으나, 암황무적군단의 애송이들이 함부로 구는 꼴은 볼 수가 없었다.

"사파의 종자답게 어려도 독하기는 마찬가지구나."

제제의 양손에는 벌써 기이한 열기가 가득했다.

"겨우 심부름이나 하는 주제에 잘도 '종자' 운운하는구나. 어디, 버릇 좀 고쳐 주실까?"

마오는 제제의 당당한 반응에 낮은 코웃음을 흘리다, 그녀의 양손에 시선이 닿았다. 언제고 저런 열기를 느낀 적이 있었다.

"천마신공?"

"흥! 눈은 제대로 달렸구나. 하나 너무 늦었어."

"큭. 내가 잠시 착각했군. 천마신공은 천마 제륭과 사마군만이 익힌 무공이다. 너 같은 어린 계집이 그런 마공을 익혔을 리 없지."

"계… 집? 호.호.호!"

제제의 목소리가 사악하게 변했다.

"할아버지께서 특별히! 이 손녀에게 그 마.공.을 전해주시는 걸 잊지 않으셨지 뭐야."

"소, 손녀? 제륭의?"

"이미 늦었어. 시궁창에서 금방 건져 올린 돼지 입을 가진 벌이라고 생각해! 어따 대고 할아버지 이름을 함부로 불러!"

턱.

"……?"

막 손을 뻗으려는 그녀를 악성이 제지시켰다.

"아, 왜! 저런 놈을 가만히 내버려 두란 말이야?"

제제는 악성의 손에서 빠져나오기 위해 손을 비틀었으나, 마치 바위에라도 박힌 듯 그의 손은 움직여주지 않았다.

"아니."

"그럼?"

악성은 제제의 손을 잡은 상태로 마오를 바라봤다.

"지금 우린 쉴 곳이 필요할 뿐이오. 당신과 싸울 이유도, 그럴 필요도 없으니 숙소나 안내해 주고 돌아가시오."

"……."

마오는 악성의 눈에서 아무것도 읽을 수가 없었다.

제룡의 천마신공과 겨뤄볼 절호의 기회였으나, 그의 의도와 다르게 패하기라도 한다면 창피도 그런 창피가 없을 것이다.

"이쪽이다."

"뭐?"

마오의 하대에 담사우가 눈을 크게 떴다.

"이봐!"

마오는 눈을 지그시 감고 화를 억누르며, 귀찮다는 듯이 뒤도 안 돌아보고 물었다.

"또 뭐냐!"

"이거 봐라? 당신 주군의 손님한테 그따위 말투가 뭐야? 다시 똑바로 정중하게 말하지 못해?"

위지무는 담사우한테 기댔던 몸을 떼었다.

돌아선 마오는 힘줄이 얼굴 가득히 돋아났으나, 모른 척 다시 발길을 돌렸다.

악성은 눈을 감고서 하늘로 시선을 던졌다. 그리고는 안부라도 전하는 것처럼 담담한 목소리로 입을 열었다.

"도가 지나치군. 이곳이 정천이란 점을 감안해 참는 것도 한계가 있소."

마오는 돌아서지도 않고, 귀찮다는 듯이 물었다.

"그냥 넘어갈 수 없다면?"

악성은 마오가 담사우에게 사과를 하면 없던 일로 하려 했다.

그러나 그는 전혀 그럴 마음이 없는 것 같았다.

"돌아서시오."

위지무는 돌아서 있는 마오의 얼굴이 어떨지 안 봐도 눈에 훤했다.

'가만, 왜 이렇게 허전하지? 뭔가 빠뜨린 게 있나?'

고개를 돌리던 그의 눈에 악성을 빤히 쳐다보는 제제가 보였다.

이런 기회를 그냥 넘길 그녀가 아니잖은가?

'제 총령님께서 왜 저렇게 악 공자님만 뚫어지게 쳐다보고 계시지? 악 공자님의 얼굴이라도 잊어버린 분 같잖아?'

제제가 악성을 보는 이유는 조금 전에 있었던 상황 때문이었다.

너무 쉽게 막은 탓에 천마신공을 담은 기운을 쏟아냈다는 걸 잊고 있다가 지금에야 떠오른 것이다.

'도대체 여운휘와 무슨 일이 있었던 거야? 힘을 쏟아냈기에 망정이지, 조금만 늦었어도 큰일날 뻔했잖아.'

그녀는 천마구로 중 세 명의 진기를 받은 후였다. 물론 아직 진신 내공과 완전히 섞이지는 않았지만 과거의 그녀와 비교하면 큰 차이가 있는 상태였다.

그런 힘을 아무렇지도 않게 손 한 번 꼭 잡는 걸로 해결하다니.

위지무는 제제가 계속해서 악성만 바라보고 있자, 어깨를 으쓱하고는 마오에게로 시선을 돌렸다.

마침 마오가 천천히 뒤로 돌아서고 있었다.

'엥, 감히 비웃어?'

마오의 얼굴에는 한껏 비웃음이 걸려 있었다.

"네 말대로 돌아섰다."

"늘 느끼는 거지만 말이오."

쉭―

"뭐……."

마오는 갑자기 눈앞에서 사라지는 악성을 찾아 고개를 돌렸다.

척.

"……!"

그의 목에 닿은 차가운 감촉.

무혼검을 꺼내 든 악성의 눈이 바로 앞에서 빛나고 있었다.

꿀꺽―

마른침을 삼킨 마오는 급히 뒤로 물러서려 했다.

그의 시선으로 따라잡을 수 없는 동작이라니.

"미, 믿을 수가 없다. 너 따위가……."

또다시 끝까지 말을 잇지 못했다.

악성의 눈빛은 혈영전사의 머릿속을 터뜨릴 때와 똑같은 상태가 된 후였다, 갈구하는, 상대의 모든 것을 부숴서라도 분노를 폭발하고 싶은.

마오의 머릿속이 하얗게 비었다.

어떻게 해야 할지 갈피를 잡지 못했다.

벌써 손을 썼어야 하는 상황임에도 아무것도 할 수가 없었다.

그의 귀로 악성의 음성이 들렸다.

"감히 제 어르신에 이어 나와 내 동료까지 비웃은 당신. 그럴 자격이 되는지 보겠소."

막 악성의 눈에서 무언가가 튀어나오려는 순간.

마오를 꾸짖는 여인의 목소리가 들렸다.

"마 호법께선 악 공자님의 말을 따르세요. 백리 천주님의 배려를 욕보이시려 하는 건가요?"

악성을 제외한 다른 사람들의 시선이 일제히 돌아갔다.

허공에서부터 북궁운혜가 다소곳한 몸짓으로 내려섰다.

"악 공자님께서 이해를 해주셨으면 합니다. 백리 천주님께서 악 공자님을 뵙겠다고 하십니다."

악성은 여전히 마오의 목에 무혼검을 댄 채로 가만히 있었다.

북궁운혜는 급했다.

"마 호법께선 아직도 사과를 하지 않으시는군요."

마오는 난감한 표정을 지었다.

'죽어도 하고 싶지 않다.'

그러나 북궁운혜의 말을 거부했다가는 나중에 백리풍한테 무슨 날벼락을 맞을지 몰랐다. 이미 백리풍이 그녀를 며느리감으로 점찍어 놓은 걸 잘 알잖은가.

"미, 미안하다. 사과하마."

그 모습에 제제는 코웃음을 쳤다.

"흥! 저 꼬락서니 하고는……. 어쩔 수 없는 인간이구만!"

이미 북궁운혜가 나타난 순간부터 짜증이 치솟는 제제였다.

얼렁뚱땅 넘어가려는 마오의 모습에 더욱 크게 화를 냈다.

이상한 것은 마오의 반응이었다. 이전에 보여준 모습대로라면 제제의 반응에 불같이 화를 냈어야 하건만, 제정신이 아닌 사람처럼 사방을 둘러보는 것이 전부였다.

북궁운혜가 싸늘하게 소리쳤다.

"마 호법님!"

"……."

마오의 넋 빠진 표정은 풀리지 않았다.

북궁운혜는 뭔가 이상함을 느꼈다.

'혹시 악 공자님이?'

그녀는 조용히 악성을 불렀다.

"악 공자님……."

악성은 북궁운혜의 말에 대답하지 않고 제제를 돌아봤다.

"결정해. 저자의 사과를 받아줄 건지, 아니면 원하는 대로 하고 떠날지."

악성의 떠난다는 말에 북궁운혜가 다급히 외쳤다.

"악 공자님!"

악성은 고개를 저었다.

"북궁 소저, 우리는 암황무적군단을 대표하는 사람들이오. 여운휘에 대한 얘기를 듣고 싶으면, 호법이 아니라 백리 천주께서 직접 오시라 전하시오. 빈 방 하나 내주면서 이런 장난은 너무 심한 것 아니오? 이렇게 불편한 주루에는 내 동료들을 맡기지 못하겠소."

'너무 멋져!'

제제의 얼굴이 환하게 밝아졌다.

감동 먹은 얼굴은 그녀 혼자뿐만이 아니었다.

위지무와 담사우 역시 한쪽 입꼬리를 올리며 웃었다.

"푸헬헬!"

"하하하!"

악성은 일행들에게 물었다.

"다들 움직일 정도는 되지?"

제일 먼저 위지무가 엄지를 치켜세우며 큰 소리로 대답했다.

"그럼요!"

담사우 역시 마냥 기분 좋은 웃음을 지었다.

제제라고 다를까.

북궁운혜 보란 듯이 악성의 곁으로 붙었다.

"호호호. 나는 백 년 전부터 준비하고 있었다고!"

북궁운혜는 다급한 눈으로 마오를 쳐다봤다.

빨리 가라는 뜻이었다, 가서 알리고 어떻게든 악성을 잡으라고.

악성이 일행을 이끌고 정천에서 떠나려는 시각.

백리풍은 사람들과 함께 정웅전에 도착했다.

끝까지 그가 아무런 말도 하지 않자, 철완은 걱정스러운 말투로 그를 불러 세웠다.

"이보게, 백리 아우. 저 녀석들을 좀 신경 써줘야 하는 거 아닌가? 저렇게 나 몰라라 하면 좀 그렇지 않나?"

다들 정웅전으로 들어갈 생각만 하는 모습을 철완은 도저히 납득할 수가 없었다.

"예? 뭐가 그렇다는 말씀이십니까, 형님? 머물 곳도 정해주었고, 마호법이 안내까지 한다고 하지 않았습니까."

백리풍은 철완의 질문에 오히려 의아한 표정을 지었다.

"켈. 자네는 여운휘란 녀석에 대해 궁금하지 않나?"

"허허허, 형님도. 사람이 오면 자연스럽게 얘기가 나오겠지요. 안 그래도 부르러 갔잖습니까."

"안 오면?"

"형님, 이곳은 정천입니다."

백리풍의 뜻대로 되지 않는 일이란 이곳에 존재하지 않는다는 뜻이었다.

그는 말도 안 된다는 듯이 웃었다.

“퀠. 그래서 하는 말일세.”

“예?”

“자네가 오라면 오고, 가라면 갈 녀석이 아닐세.”

제제에게 ‘계집’ 이라고 했다가 직접 손까지 쓰게 만든 악성의 모습을 기억하고 있었다. 사람이 바뀌지 않는 이상 장소는 아무런 의미가 없잖은가.

이때, 한쪽에서 듣고 있던 백리천이 참지 못하고 이를 악물었다.

“끄음…….”

백리풍과 철완이 돌아보는 것이 느껴졌으나, 백리천은 억지로 시선을 외면하며 화를 식혔다.

그러나 철완이 뭘 안다고 악성에 대해 이러쿵저러쿵 말을 하는지 이해할 수가 없었다.

‘저자를 언제부터 알았다고!’

기어코 발끈해서 나서고 말았다.

“백부님, 그자가 아니더라도 여운휘의 행방은…….”

“천아!”

백리풍이 다급히 말을 끊자, 백리천은 깜짝 놀라 쳐다봤다.

“예?”

“어디 어른들이 말씀을 나누시는데 나서서는!”

불같이 화를 내는 백리풍의 모습은 백리천이 지금까지 본 적이 없는 모습이었다.

“죄, 죄송합니다, 아버님.”

백리풍이 사과하기 위해 고개를 돌렸을 때는 이미 철완의 눈이 납작해진 후였다. 화가 났을 때 짓는 그의 표정이었다.

“켈. 그 녀석을 소홀히 대하고 나서 나중에 천마를 어찌 보려고 그러는가. 자네가 직접 가보기 싫으면 내가 데려오기로 함세.”

“예?”

철완의 태도는 그냥 걱정에 그친 것이 아니라, 악성에게 호감을 지닌 듯이 보였다.

백리풍은 악성의 모습을 떠올렸다.

철완이 마음에 들어 할 조건이 뭔지 궁금했기 때문이었다.

마도의 인물답지 않게 다정다감하다? 그래서 부하들이 잘 따르는 것처럼 행동하는 것도 같았다. 그러나 그런 자는 그저 부하들과 잘 노닥거리는 것 외에는 없었다.

‘천이가 좀 더 친근하게 대해주면 좋을 것을. 형님께 너무 소홀했나 보구나.’

그는 철완의 행동을 단순히 감정적인 문제라고 여겼다.

당연히 미안한 얼굴로 한발 양보하는 것을 잊지 않았다.

“형님, 사람을 따로 보내겠습니다.”

“켈켈켈. 내 앞에서 사파의 우두머리인 천마를 칭찬했던 녀석이란 걸 잊지 말게.”

“허허허. 형님도 참……..”

철완의 우려는 곧바로 나타났다.

숙소로 안내했던 마오가 혼자서 돌아온 것이다.

그 모습에 백리풍은 더 이상 인자한 미소를 지을 수 없었다.

마오의 입에서 나온 말이란.

“주군, 그 애송이들이 천을 떠나겠다고 합니다. 어이없는 녀석들입니다. 제가 떠나게 그냥 두라고 했음에도, 북궁 소저가 계속 만류하고 있습니다. 천 내의 분위기가 그들로 인해 썩 좋질 않습니다. 북궁 소저를 데려왔으면 합니다.”

“……!”

백리풍이 난감한 표정으로 철완을 돌아봤다.

철완은 ‘내 말이 맞지 않느냐’는 듯이 웃었다.

“켈켈켈.”

“흠… 천이가 가보도록 해라.”

마오는 백리천을 보내려는 백리풍의 행동에 하고 싶지 않은 말을 꺼내야 했다.

“그러실 필요 없습니다, 주군. 그 건방진 애송이가 주군께서 직접 오시지 않으면 떠나겠다고 합니다. 그걸 말이라고 하다니! 명령만 내려주시면 제가 알아서 처리하겠습니다.”

마오의 입에서 저런 소리가 나올 줄은 몰랐다.

백리풍은 인상을 찌푸렸다.

아무에게도 말을 하진 않았지만, 곧 제릉이 이곳으로 오기로 했다. 그가 직접 움직인 이유가 그 때문이었다. 문제를 일으켜 곤란한 상황을 만들 필요는 없었다.

“자네가 소홀히 대접한 모양이군. 직접 가보겠네. 어려도 암황무적군단의 사람이란 말인가? 허허허.”

그의 마음대로 안 되는 일이 하나둘씩 생겨나고 있었다.

기분이 좋을 리 없었다.

철완은 악성이 떠나겠다는 말을 했다고 하자 괜히 자신도 떠나고 싶었다.

특별히 사명감을 갖고 이곳에 온 것은 아니지만, 부탁할 것이 있다면, 정확히 사건의 전반적인 설명을 해야 하질 않는가.

지금까지 스스로 움직인 것 외에는 썩 재미있는 일은 없었다.

한 가지 있다면 악성을 만났다는 것 정도?

악성의 일행엔 재미있는 녀석들이 많았다.

별일 아닌 걸로 발끈하는 여아도 있었고, 가시 돋친 말을 의뭉스레 잘 뭉뚱그리는 위지무도 있었다. 무엇보다 정감 가는 악성이 있었다.

백리풍은 벌써 정문까지 간 악성 일행을 찾아 날아왔다.

북궁운혜가 설명을 하는지 손으로 이곳저곳을 가리키며 말을 시키고 있었다.

"비켜!"

제제가 긴장한 표정으로 막아선 위사를 걸어차 버렸다.

그냥 나가면 될 걸 북궁운혜가 말을 시킨다고 자꾸만 대답해 주는 악성한테 불만을 표시한 것이다.

백리풍이 내려서며 날아가는 위사를 다치지 않게 손을 썼다.

"너무 거칠게 다루진 말게. 허허허."

"……!"

제제는 백리풍이 정말로 직접 오자 이채를 발했다.

"호호호. 별일이네, 정천주께서 직접 오고?"

그녀가 싸울 것처럼 한 발자국 앞으로 나서자, 악성이 나섰다.

"내게 맡겨."

"상대하지 말고 그냥 가."

"알아서 할게."

제제의 표정이 금방 수그러들었다.

"…알았어."

방금 전의 그녀였다면 쌍심지를 켜고 덤벼들었으리라.

그러나 사람들이 모두 같은 생각을 할 리 없었다.

특히나 백리천은 백리풍의 뒤를 따르다 제제의 반응에 짜증이 났다.

'또! 왜 제릉의 손녀가 저런 멍청한 자에게 꼼짝을 못하는 거지? 정말 이해를 못하겠군.'

악성에게서 시선을 돌려 버렸다.

그런 그를 악성이 또다시 자극했다.

"직접 오실 줄 몰랐습니다."

악성은 포권을 취하고는 백리풍을 똑바로 바라봤다.

"천주께서 이곳에 오신 뜻은, 저와 제 동료들이 암황무적군단을 대표한다는 걸 인정하신 거라 여겨도 되겠습니까?"

백리풍의 눈에 이채가 흘러나왔다.

'제법.'

악성의 말에서 남아다운 기개가 흘러나왔다.

"허허허. 처음부터 그리 여겼네."

악성은 백리풍의 말에 쓴웃음을 지었다.

처음부터 암황무적군단을 크게 여기지 않는다는 말처럼 들렸기 때문이다.

그의 말은 빠르게 이어졌다.

"자, 그만하고 안으로 들어가 여운휘에……."

"뭘 그만 하라는 말씀이십니까?"

악성의 따지는 듯한 말투에 백리풍이 참지 못하고 위엄 어린 음성을 터뜨렸다.

“어허, 이보게!”

그의 눈에는 가만히 있는 제제가 훨씬 뛰어나 보였다.

‘상황 판단을 모르는 철부지 녀석이로군. 아무리 봐도 저 여아가 더 뛰어나거늘. 철 형님께서 너무 높은 점수를 주신 것 같구나. 천마의 손녀를 운 좋게 얻어 출세한 녀석 외에는 아무것도 아닌 놈일 뿐이다.’

그는 헛기침을 발하며 다시 한 번 권했다.

“이보게, 자네가 암황무적군단을 대표하지 않는다고 생각했으면, 내가 친히 이곳까지 왔겠는가? 책임은 고집만 부린다고 얻어지는 것이 아닐세.”

“잘 이해가 가질 않는군요. 제 동료들은 다쳤습니다. 책임이라고 하신 것 같은데, 당연히 동료들의 부상을 걱정하는 것이 순서가 아닐까요?”

“……”

악성의 말에 백리풍의 안색이 딱딱하게 굳었다.

“곧 의원을 보내도록 하지.”

“제겐 이들과 안전하게 산서까지 가는 일이 가장 중요합니다. 그것이 제 책임이니까요.”

“……!”

“내일 일찍 뵙도록 하겠습니다.”

악성은 말을 마치면서 슬쩍 마오를 돌아봤다.

마오의 신형이 움찔거리며 뒤로 살짝 물러섰다.

백리풍은 황당하단 표정으로 악성을 노려봤다.

그의 기준으로는 악성의 행동을 이해할 수 없기 때문이다.

저런 식으로 감정적인 판단을 우선시 하면 따르는 사람들이 그를 신뢰할 리가 없었다.

'안 됐군.'

따끔한 한마디를 해줘야 할 것 같았다.

"조금 전에 한시가 급하다는 말을 못 들었나?"

"이미 말씀하셨습니다."

"한데도 내일로 미루겠다? 내 인내심을 시험하려는가?"

'인내심?'

악성은 백리풍을 똑바로 쳐다봤다.

"지금 제게 추궁을 하시는 겁니까?"

"……."

"내일 찾아뵙도록 하지요."

백리풍은 왜 악성을 대하면서 기분이 나빴는지 기억났다.

악성을 처음 봤을 때, 일이 있다며 훌쩍 떠나 버렸잖은가.

그래서 일부러 대우해 주지 않은 것일 수도 있었다.

알아서 찾아올 줄 알았지, 저렇게 강하게 자기주장을 내세울 줄 누가 알았겠는가.

'저, 저런 어처구니없는 자식!'

백리천은 오고 가는 대화를 모두 들었다.

부글부글 끓는 속을 억지로 진정시키며 고개를 절레절레 흔들었다.

"화를 자초하는구나."

"……."

북궁현은 이 갈린 백리천의 목소리에 고개를 끄덕였다.

악성의 저 당당함이 기어코 그의 속을 긁어놓고 만 것이다.

'재주가 좋은 놈이구나. 말 몇 마디로 죽이고 싶은 마음을 갖게 만드는 특이한 재주가 있어.'

제제는 방 하나를 통째로 쓰도록 했고, 악성과 위지무, 담사우가 한 방에서 함께 머물기로 했다. 말이 한 방이지, 셋 모두 방 하나씩 차지할 수 있었다.

거처는 내부 장식에 꽤나 신경을 쓴 듯 화려했다.

위지무는 방에 들어오자마자 무언가를 찾아 방 구석구석 이 잡듯이 뒤졌다.

한참을 돌아다니던 그의 입에서 탄성이 터졌다.

"찾았다!"

"……?"

위지무가 가져온 건 고급스러운 백색 도자기에 담긴 술이었다.

손님을 대접하기 위해 마련해둔 것 같았다.

"악 공자님, 이상한 놈들이 득시글거리지만 손님 대접하는 자세는 제대로인 것 같은데요? 하하하."

그는 술을 따라 한숨에 들이키고는 '크' 소리를 냈다.

다시 살아난 걸 자축하려는 행동처럼 보였다.

"괜… 찮아?"

악성의 조심스러운 질문이 무색하도록 그는 다시 술잔을 입 안에 털어 넣었다.

"크… 당연히 괜찮죠! 애당초 이상이 있었던 게 아니니까요."

"……?"

“큭큭큭. 아주 놀라운 경험이었습니다. 처음에는 제 총령님과 담 전 주를 보내야 한다는 생각만 했는데, 어차피 죽을 거 시험이나 해보자 했죠.”

“시험?”

“악 공자님께서 주신 음양경에 죽은 것과 똑같은 상태로 만드는 비법이 적혀 있었거든요.”

“음양경… 아! 사도마련.”

“예! 맞습니다. 이미 익히고 있는 무공이 있어 주저했지만, 싸우면 싸울수록 실력이 늘어나니 좋아하지 않고는 못 배기게 됐죠. 사실, 그들… 그 빨간 놈들의 무공은 도가 지나쳤습니다.”

담사우가 슬쩍 끼어들었다.

“도가 지나쳐?”

위지무는 잠시 헛기침을 뱉고는 입맛을 다셨다.

“도가 지나치죠. 제가 상대할 수 없는 실력을 지녔으니, 제 입장에서는 그렇게 밖에 생각이 안 되잖습니까.”

악성과 담사우는 ‘도가 지나치다’는 말이 그렇게도 사용된다는 사실을 처음 알았다.

“하하하.”

“큭… 아아……..”

웃음 때문에 상처 부위가 시큰거리는지, 담사우가 한 손으로 자신의 가슴을 가렸다.

“아무튼! 음과 양 중에서 몸속에 있는 양의 기운을 모조리 가뒀습니다.”

악성이 반문했다.

“가둬?”

“음의 기운을 외부로 밀어내고 안에는 양의 기운을 두는 거죠. 일정한 시간이 흐르면 자연히 깨어나도록 되어 있었는데, 아직은 그 정도가 되려면 먼 것 같습니다. 생각보다 훨씬 일찍 깨어났거든요. 덕분에 그놈들이 죽는 걸 지켜보게 됐죠.”

위지무는 자랑스럽다는 듯이 씨익 웃었다.

그는 모르고 있었다, 악성의 왼손가락에 있는 천마환이 양의 기운을 끌어냈다는 것을.

악성은 괜히 기분이 좋아져서 위지무의 앞에 놓인 술잔을 입으로 가져갔다.

“어?”

“주군…….”

뜨거운 느낌이 목젖을 짜르르 타고서 위 속에 안착했다.

“기분이 좋은데?”

“하하하. 그렇죠? 한 잔 더 하시겠습니까?”

위지무가 신이 나서 잔에 술을 따랐다.

연거푸 두 잔을 마신 악성은 눈 주위가 붉어지는 걸 느꼈다.

기분이 좋았다. 무엇보다 자신감이 넘쳐 보이는 위지 각주가 있어서 좋았다.

“위지 각주, 담 전주, 두 사람이 함께 있어서 참 좋아.”

“…….”

“…….”

비록 같이 한 시간은 얼마 되지 않았어도, 악성의 말속에 담긴 뜻은 토씨 하나 바뀌지 않고 전달됐다.

남자들이 이럴 때 할 수 있는 행동은 너무 한정적이었다.

피식 웃는 것과 헤벌쭉 입을 찢으며 한껏 웃는 것.

세 사람은 술이 다 비기 전에 얼굴이 벌게져서는 웃고, 또 웃었다.

第五章

제륭과 반경인

반 경인은 여인들의 몸에서 빠져나온 혈향 가득한 동굴에서 나왔다. 몸은 더없이 가뿐해졌고 이젠 떠날 곳만 정해서 떠나면 그만이었다.

"제룡이 있다는 사천성과 백리풍이 있는 호북성 중 어디를 먼저 가볼까……."

휘잉―

더운 바람이 그의 머리칼을 건드리며 서북쪽으로 날아갔다.

'북이라… 그럼 백리풍부터 만나보기로 할까?'

그는 기분 좋은 결정을 내려서 좋았지만, 그 때문에 절대로 호북에는 오지 않을 것 같은 사람과 방현에서 만나고 말았다.

제룡은 백리풍과의 약속 때문에 정천으로 향하는 길이었다.

곧장 갔어야 하는데, 잠깐의 시비로 인해 시간을 지체하고 말았다. 사실 제룡의 입장에서 보면 그다지 큰일도 아니었다.

느닷없이 나타나 정파를 대표해서 사파의 수괴를 벌하겠단다.

자신을 철혈뇌신(鐵血雷神) 오달이라 밝힌 자가 대뜸 덤벼들자 탑탑마군이 가볍게 내팽개쳤다. 그리고 대수롭지 않게 여기고는 가던 길을 재촉하려는 순간, 그가 일어나 다시 덤벼들었다. 그렇게 벌써 십여 초나 훌쩍 지나고 말았다.

탑탑마군의 일방적인 공세였으나, 오달 역시 죽을 기세가 아니었다. 기본적으로 그는 참 잘 맞았다. 상황을 모르는 사람이 봤다면, 그가 피하는 척하면서 탑탑마군의 주먹을 향해 달려든다고 생각할 정도로 잘 맞았다.

시간이 지날수록 탑탑마군은 자신의 주먹에 회의가 들었다.

때려도, 때려도 죽지 않는 놈은 처음이었다.

짜증이 일며 버럭 소리를 지르고 말았다.

"왜 안 죽는 거냐!"

오달은 장렬한 목소리로 대답했다.

"나… 철혈… 뇌신… 오달은… 헉헉… 그 정도로 죽지 않는다. 흐흐흐. 지친 모양인데, 잘 가라."

"이런, 개뿔! 난 말 많은 새끼는 딱 질색이야, 어헝!"

마음을 단단히 먹었는지, 탑탑마군은 도끼를 꺼내 들었다.

훙—

묵직한 경기를 지닌 도끼가 곧장 그를 향해 날아갔다.

오달은 독사눈을 번뜩였다.

"나, 오달은 그따위 썩은 도끼에 죽지 않는다!"

"오다리든, 개다리든 다 뽀사주마!"

탑탑마군의 도끼와 그의 주먹이 충돌했다.

쾅―!

부강(斧罡)이라면 대개 느린 줄 알지만, 부강을 다루는 사람이 누구냐에 따라 달라진다. 도끼 자체의 무게만 백 근, 거기에 강기까지 더해진 탑탑마군의 도끼는 이미 느리고 빠름을 초월했다.

즈즈즈즛―!

날아가는 자신의 도끼를 보며 탑탑마군은 처음으로 웃었다.

일부단천(一斧斷天)!

도끼 하나면 하늘도 자른다.

백 근이나 나가는 그의 도끼가 사람을 향해 내리 꽂히는 장면은 가히 압권이었다.

탑탑마군의 입에서 세 마디가 흘러나왔다.

"변(變)… 횡(橫)… 절(切)!"

도끼가 두 개로 갈라지며 그의 양손에 잡히더니, 엄청난 빠르기로 오달을 여섯 토막으로 자르며 지나갔다.

쩔륵―!

그걸로 끝이었다.

'강기에 무게를 싣는다는 발상이 놀랍군.'

반경인의 시선은 탑탑마군을 지나, 수고했다며 자리에서 일어나는 키 작은 노인, 제룡한테 고정됐다.

'저 노인이 알려준 건가?'

마음에 들지 않았다.

그의 눈에 살기가 살짝 묻어났다.

마침 탑탑마군을 독려하던 제륭의 시선이 움직였다.

정확히 그가 있는 곳이었다.

'호!'

반경인의 얼굴에 화색이 돌았다.

순간적으로 드러낸 살기를 감지한 것이다.

제륭이 탑탑마군에게 뭐라고 혼을 내더니, 가볍게 손을 젓고는 자리를 떠났다.

픽—

오달의 심장에서 피가 솟았다.

'우하! 정말 마음에 든다.'

따라가 보기로 했다.

제륭은 기분이 좋지 않았다.

호북으로 접어들면서 오달이란 놈을 시작으로 연속으로 다섯 번이나 싸웠기 때문이다. 모두 삼마군이 십 초 이상을 겨뤄야 죽일 수 있었다.

작정하고 덤벼들기 전에는 그런 고수들이 나타날 리 없었다.

'제와 성이 떠난 후, 혈왕이란 놈 때문에 암황무적군단의 열네 개 지부가 사라졌다. 정천의 피해는 더하겠지. 차라리 잘됐지, 뭐. 한데, 혈왕이란 놈이 나보다 어리면 어떡하지?'

제륭이 무공에 바친 세월만 백 년 가까이 된다. 그보다 어리면 이겨 봐야 본전이란 생각이 강하게 든 탓이다.

'에잉, 모르겠… 웅!'

짜증난 상태로 날아가던 제륭의 고개가 획 돌려졌다.

순간적이긴 해도 엄청난 예기가 느껴졌다.

오십여 장이나 떨어진 곳.

한 사람이 뒷짐 진 채로 서 있었다.

자세히 보니 젊은 청년이었다.

제룡은 그가 웃고 있는 걸 보고서 기다리고 있었다는 걸 깨달았다.

'조놈 봐라?'

삼마군을 돌아봤으나, 아무도 반경인을 발견하지 못한 듯했다.

무려 오십여 장의 거리를 좁혀 제룡만 느낄 수 있도록 예기를 날렸다?

'시험해 보면 알겠지.'

순식간에 반경인과의 거리를 좁혀 갔다.

반경인은 제룡의 모습에 속으로 쾌재를 불렀다.

기를 드러내 알아차리면 적당히 놀아보기로 했고, 그렇지 않으면 곧바로 백리풍을 찾아가려 시험을 한 것이다.

적무극이 무슨 일을 꾸미는지 알아보기 위해서라도 정천은 가야 했다. 가는 길이 즐거울 수 있다면 앞쪽에서 기다리는 정도의 수고야 얼마든지 할 수 있었다.

'오너라. 흐흐흐.'

쉭—

"응?"

그의 생각과 달리, 무서운 속도로 다가오던 제룡이 그를 휙 지나쳐 가질 않는가?

급하게 제룡을 불렀다.

"이봐, 영감!"

제룡은 대답하지 않았다.

'그냥 간다고? 그럴 수야 없지.'

무시당했다고 여긴 그는 가볍게 손바닥을 들어올리는 시늉을 했다. 그러자 제룡이 지나간 방향의 땅이 덩어리째 허공으로 들려졌다.

뜨드드등—!

"이래도 안 서?"

어떠냐는, 이렇게 할 수 있냐는 표정으로 제룡을 주시했다.

"이런, 기생오래비 같은 자식이……."

"가만있어. 나도 몸 좀 풀자."

"주군, 그러실……."

제룡은 삼마군을 향해 고개를 저었다.

나서지 말라는 경고였다.

"흐흐흐. 힘이 넘치는 놈이구나."

"이제야 내가 보이는 모양이구려."

"말하는 싸가지하곤. 그래, 노부한테 무슨 볼일이 있느냐?"

"후후후. 진즉에 그렇게 물어봤어야지."

'이게 나머지 말은 어따 잘라먹고 댕겨.'

반경인은 제룡이 인상을 쓰자, 싸우겠다는 의사 표현이라 생각하고 자세를 잡았다. 그러나 그건 어디까지나 그의 생각일 뿐이었다.

"좋구나, 내가 보기에 너는."

"……?"

"죽이기 아까운 놈이다. 그러니 앞으로 정파를 짊어질 동량으로서 더욱 수련에 매진해라. 언제고 노부의 깊은 뜻을 알 날이 있을 게다. 삼마군, 가자."

“……?”

황당한 말이었다.

말을 마친 제룡이 정말로 갈 생각인 듯 몸을 돌려 세웠다.

제룡이 그의 능력을 못 알아봤을 리 없었다.

“싱거운 소리는 그만둬. 안 오면 내가 먼저 가마.”

척.

제룡이 급히 헛기침을 하며 다시 말했다.

“알았다! 흐음… 내 정말 이 말은 하고 싶지 않았지만. 뭐, 어쩔 수 없지. 넌…….”

“……?”

“젊은 놈치고 꽤 세다. 이젠 됐느냐? 노부의 칭찬은 여간해선 듣기 힘들어.”

반경인의 얼굴이 휴지 조각처럼 일그러졌다.

“이이…….”

“아, 좋아! 좋다. 내 진짜로 말해주마. 넌!”

제룡은 갑자기 양손을 크게 벌리며 허공에 둥그런 원을 그렸다.

“이… 만큼 쎄!”

“…….”

“됐지? 요즘 젊은 것들이란. 간다.”

반경인은 이제 황당해서 말도 나오지 않았다.

저런 유치한 짓을 아무렇지도 않게 할 수 있는 자가 있다는 사실도 놀랍지만, 그렇게 기세를 보였음에도 불구하고 긴장감이란 찾아볼 수도 없었던 것이다.

제룡을 급히 불러 세웠다.

“멈춰!”

“아이야, 네가 아니라도 노부의 발목을 잡는 녀석들은 의외로 많단
다. 죽고 싶은 네 마음만 받아가마.”

반경이 또 소리를 지를까 싶었는지, 제릉은 돌아서며 땅을 ‘쿵’ 하고
울렸다. 그 한 번의 발 구름에 의해 반경인이 들어올렸던 땅이 터져 버
렸다.

푸칵—!

그 모습에 오히려 반경인의 얼굴이 환해졌다.

“역시! 온통 개미만도 못한 놈들이 설치는 이곳에 늙은이 정도의 고
수를 만나다니. 기분이 너무 좋다. 자, 한 번 싸워보자. 어서.”

삼마군의 시선이 험악해졌다.

제릉이 봐줄 때 알아서 찌그러질 것이지, 끝까지 죽겠다고 나서는
무모함이 짜증난 것이다.

“저런 시답잖은 놈.”

“탑탑, 이번에는 내가 나서지.”

“이보게들, 나도 한 번쯤은 얼굴을 비춰야 하지 않겠나?”

이번에는 마영마군까지 나섰다.

그때였다.

제릉이 이번에도 세 사람을 말렸다.

“느, 늙은이? 혹시… 노부를 말하는 게냐?”

“여기 너 말고 또 누가 있나?”

“이놈! 네가 처먹은 건 나이가 아니고, 똥이냐! 나이를 어디다 처먹
고서 나만 늙었다고 지랄인 게냐!”

“……!”

제룡은 이미 반경인의 나이가 삼마군 못지않다는 걸 한눈에 꿰뚫어 본 것이다.

"더 이상 기다리게 하면 실례겠지?"

와와우웅─

반경인의 손에서 빛이 일렁이더니 거대한 기둥을 만들었다.

그그그긍─!

다가오는 소리가 기괴했다.

"어딜!"

제룡이 손바닥을 펴자, 그의 공격은 벽을 만난 것처럼 더 이상 앞으로 나아가지 못했다.

그러나 반경인이 공격한 빛무리와 부딪친 제룡의 안색은 좋지 않았다.

"삼마군은 뒤로 물러나라. 이 겉만 애송이인 녀석에게 특별히 제대로 된 한 방을 날려줄 테니까."

"……!"

"……!"

"……!"

삼마군의 안색이 딱딱하게 굳었다.

제룡의 자세는 그들이 알고 있는 한 가지 무공을 펼칠 때 외에는 볼 수 없는 자세였다.

"쩝쩝……."

반경인은 입맛을 다셨다.

제룡이 뿜어내는 기운이 맛있는 음식이라도 되는 듯이 보였다.

상대가 누구라는 것, 그런 것 따위는 그에게 중요하지 않았다.

강한 상대라는 것과 그의 마마반천수를 한 번이라도 막아줄 장난감 정도면 대만족이었다. 어차피 상체와 하체가 분리되어 죽게 되겠지만.

그의 눈에는 벌써 쏟아지는 피를 보며 절망하는 제룡의 모습이 보이는 것 같았다.

싯—

'웅?

제룡의 신형이 순식간에 사라졌다.

반경인의 고개가 왼쪽으로 돌아갔다.

정확히 고개가 멈춘 곳에 뿌연 잔영이 보였다.

그것도 잠시, 어느새 반경인의 코앞까지 다가왔다.

"읏!"

"흐흐흐."

제룡은 잔인하게 웃으며 말했다.

"영광으로 알아라. 천마섬전칠격(天魔閃電七擊)!"

천마십이수의 마지막 초식인 천마섬전칠격이 마흔아홉 번에 걸쳐 반경인의 머리에서부터 발끝까지를 모조리 터뜨릴 것처럼 빛을 뿜었다.

쿠콰콰콰콰—!

삼마군은 천마섬전칠격의 엄청난 위력에 할 말을 잃었다.

소소마군이 다급하게 외쳤다.

"모두 피하세!"

삼마군의 신형이 튕기듯이 허공을 향해 솟아올랐다.

드드드드—

엄청난 진동이 땅을 한꺼번에 들었다 놓았다.

땅거죽이 죽 밀리더니 원래 있던 곳을 크게 벗어난 채로 일어났다.

"……."

허공에서 지상을 바라보는 세 사람의 눈에는 저 공격에서 살아남을 자란 존재하지 않는다고 쓰여 있었다.

그러나 또다시 이어지는 폭음.

쿠쾅— 콰콰콰—!

"……!"

제룡이 거대한 먼지구름 안쪽을 향해 날린 공격이었다.

눈 깜빡 할 사이에 일어난 일이라 삼마군은 굳이 확인 사살까지 할 필요가 있었는지에 대한 의문이 떠올랐다.

"주군, 확인해 볼까요?"

제룡의 시선은 아직 반경인이 서 있던 곳에 머물러 있었다.

"주군……."

"그럴 필요 없다. 마지막 공격을 피하고 사라졌다."

"예?"

삼마군의 눈이 아직도 가라앉지 않은 먼지구름을 쳐다봤다.

찌릿— 찌릿—

"……."

제룡은 아직도 시큰거리는 손을 매만졌다.

반탄력만으로 그에게 이런 충격을 준 사람이 과연 있었던가?

먼저 공격하지 않았으면, 쓰러진 사람은 제룡이 됐을지도 모른다는 생각이 들 정도였다.

"아주 위험한 놈이야."

"……!"

삼마군의 눈에 경악이 떠올랐다.

제룡이 적에게 이런 평가를 내린 적은 결단코 한 번도 없었다.

제룡과 삼마군이 서 있는 곳에서 멀지 않은 절벽 위.

황량한 공간을 매우던 바람이 반경인의 몸을 스치고 지나갔다.

검은 달빛이 지상으로 내려왔다.

번쩍!

눈 전체가 검은빛으로 가득한 반경인의 눈.

일곱 개의 뭉툭한 자국이 가슴과 복부까지 무질서하게 퍼져 있었다.

천마섬전칠격이 그의 몸을 뚫지 못한 것이다.

"이런 짜릿함이라니!"

정사(情事)를 벌일 때 절정의 순간도 이보다는 못할 것 같았다.

뭉툭한 자국들을 일일이 만져 보았다.

현월의 기운이 서서히 몸으로 들어차며 몸을 원상태로 만들어주었다.

아무리 심각한 상처를 입어도 달이 뜨는 밤이 있는 한, 몇 번이고 되살아날 수 있다는 대사형의 말이 떠올랐다.

제룡의 천마섬전칠격은 엄청난 위력을 지녔다. 아니, 그 정도가 아니었다. 현월강기(玄月罡氣)로 몸을 보호하고 마지막에 마마반천수로 반격을 가하지 않았으면 전신이 구멍 천지가 됐을지도 모를 정도로 강했다.

"이름을 안 물었구나. 제룡, 백리풍, 구유대제를 제외하고도 저런 실력자가 있을 줄을 상상도 하지 못했다. 덕분에 현월의 기운과 완전히 하나가 됐군. 백리풍 다음에 죽일 자가 결정됐군. 크하하하!"

사량겁화공에 대한 미련을 버리지 못하던 그의 생각을 일시에 잠재워준 경험이었다. 현월의 기운은 사량겁화공 이상의 힘을 그에게 준 것이다.

그는 짧게 숨을 들이쉬고, 약간 길게 내뱉었다.

"흡. 하아……."

정신이 맑아졌다.

사제인 적무극을 찾는 것보다 훨씬 재미난 일들이 생길 것만 같았다.

두 사형은 이미 사문으로 돌아간 뒤였다.

혼자 남은 보람이 제대로 느껴지고 있었다.

*   *   *

사내의 반듯한 콧날 양쪽에 위치한 눈에는 범접할 수 없는 위엄이 흘러나왔으나 둥근 얼굴형 덕분에 나쁜 인상으로는 보이지 않았다.

어깨까지 오는 도가 그의 애병인 듯 손잡이를 한 손으로 거머쥔 채로 서 있었다. 긴 머리를 뒤로 묶은 뒷모습까지도 위엄이 가득했다.

적무극과 반경인이 말하던 대사형 뇌정우가 그였다.

"반 사제는 아직 돌아오지 않았나?"

억양도 없이 처음과 끝이 똑같은 중저음이었다.

그의 말을 받는 가벼운 목소리.

"적무극을 찾겠지요."

일상적인 말처럼 담담하게 말하는 사람은, 짧은 머리에 두건으로 이마를 가리고, 세상이 무너져도 눈 하나 꿈쩍하지 않을 것 같은 눈을 지닌 사내였다.

허리에 달린 짧은 검.

탄비검 마엽이었다.

뇌정우의 몸이 뒤로 돌려졌다.

"현월여의선이 당한 걸 고스란히 답습할 필요는 없다, 마엽."

"백왕을 보냈습니다."

"강시에 신경 쓸 시간 있으면, 두 무공을 합칠 궁리나 하라고 했다."

"이전에 만들어 놓은 녀석입니다. 꽤 쓸만하지요."

뇌정우가 경험한 바로는, 마엽은 실없는 소린 하지 않았다.

"아무리 그래도 장난감일 뿐이야."

"안 잘려요."

"뭐라고?"

"사형처럼 대뜸 이기어도(以氣馭刀)를 날리면 모를까, 웬만한 무공에는 백왕의 몸을 두르고 있는 천 쪼가리 하나 벨 수 없어요."

"돌아와 보면 알겠지."

마엽이 갑자기 엉뚱한 말을 꺼냈다.

"사형, 그렇게 겁이 납니까?"

"뭐?"

"그자가 대공(大公)인지, 아닌지는 직접 만나보면 되잖아요. 현월여의선의 전인인 그 여자가 당했다고 사형도 당한다는 보장이 어디 있어요?"

"그런 게 아니다."

"그럼… 여의무적도란 녀석 때문인가요? 사형과 닮은 구석이 있더군요."

“……”

“아니면 그 여잔가? 사형을 보는 눈이 이전부터……”

뇌정우가 말을 잘랐다.

“시간이 많은가 보구나. 볼일 끝났으니 가봐라.”

“너무 숨기시네. 혹 압니까, 나중에 사형 대신 제가 나서서 기꺼이 이 목을 내밀지.”

담담한 말투와는 전혀 어울리지 않은 내용이었다.

“그만하라고 했다.”

마엽은 뇌정우의 말이 끝남과 동시에 아무런 미련없이 돌아섰다.

“갑니다. 멍청한 반 사제는 적 사제에게 또 당할 겁니다. 사부의 잔머리를 태어날 때부터 써먹던 녀석이 가만히 놔둘 리가 없지요. 그 문제는 백왕이 알아서 처리할 겁니다.”

뇌정우의 시선이 깊어졌다.

‘마엽은 속을 드러내지 않으나, 매사에 빈틈이 없다.’

의문은 의문으로 묻어둘 줄 아는 지혜까지 갖추고 있었다.

항상 경계를 넘지 않는 싸움도 벌일 줄 알아, 긴장을 늦추지 못하게 해주는 훌륭한 경쟁자이기도 했다.

*   *   *

“어이가 없네. 무슨 급한 일인지 몰라도 다시 연락할 때까지 기다리라니. 우리가 인질이야, 뭐야.”

위지무는 아침 일찍 기별을 전한 백리풍의 행동을 참을 수 없는지, 또 술병을 꺼냈다.

길길이 날뛰던 제제는 방으로 보낸 뒤였다.

술은 마시면 몸이 따뜻해지는 느낌이 좋았다.

한 병을 순식간에 비워낸 후, 위지무와 담사우를 방으로 보내고 나서 악성도 잠을 청했다.

거처에 정적이 깔렸다.

막 잠이 들 무렵.

슛—

"……!"

고의로 흘린 소리를 잡아내고 고개를 돌렸다.

담벼락 쪽이었다.

누군가가 일부러 방을 향해 미묘한 살기를 넣고 있었다.

실수는 아니었다.

악성을 보고 싶어하는 누군가일 것이다.

조용히 자리에서 일어나 밖으로 나갔다.

밖에는 검은 복면을 눌러쓴 자와 함께 북궁현이 담장 위에 서 있었다.

그는 악성과 눈이 마주치자, 고까운 목소리로 말했다.

"왜 찾아왔는지 알겠지? 그렇게 태연하게 거짓말을 할 줄은 꿈에도 몰랐다."

"거짓말?"

다짜고짜 하는 말이라고는…….

악성은 순간적으로 화가 났으나, 낮게 코웃음을 치며 되물었다.

"내가 무슨 거짓말을 했단 말이오?"

북궁현은 악성의 반문에 어이없는 웃음을 지었다.

"큭. 저 뻔뻔한 얼굴하고는. 혈왕의 두 호법을 죽였고, 구유대제께
서 나타나시기 전에 그들을 상대로 혈왕과 싸우던 중이라고 할 속셈이
아니냐."

모두 사실이 아닌가.

악성이 오히려 놀란 목소리가 됐다.

"어떻게 알았소?"

"뭐, 뭐라고?"

말문이 막힌 북궁현은 악성을 빤히 쳐다봤다.

사실을 사실이라고 한 악성이야 그의 시선을 피할 이유가 전혀 없었
다.

"큭. 푸하하!"

북궁현은 한동안 큰 소리로 마구 웃었다.

"……?"

악성은 그의 웃음이 그칠 때까지 기다릴 이유가 없었다.

"휴, 싸우기 싫으니 찾아온 용건이나 말하시오."

"말은 바로 해야지. 싸우기 싫은 게 아니라, 싸울 능력이 안 되는 거
아니야?"

"……."

언제고 북궁현과 싸우게 됐을 때, 한 번만 피해달라는 북궁운혜와의
약속이 또다시 화를 내지 못하게 만들었다.

북궁현의 비웃음은 한 번 더 이어졌다.

"큭. 왜, 도와줄 사람이 없으니 난감한가?"

비웃는 북궁현의 이마가 악성의 눈에 확대되어 들어왔다.

'의지만 실으면…….'

추경이나 패륵의 정수리를 뚫었을 때처럼 될 것 같았다.

악성의 얼굴은 술기운 때문에 화끈거렸다.

'뒤에서 확 밀어버렸으면 좋겠네. 후후후.'

그때였다.

희끗한 인영이 북궁현의 뒤쪽에 내려서는 것이 아닌가?

'어?

무혼이었다.

이왕 이렇게 된 일, 재미있는 상상을 해보기로 했다.

"일전에 한 번 보지 않았나요?"

"……?"

북궁현은 씽긋 웃는 악성의 눈을 따라 천천히 고개를 돌렸다.

"헛! 어, 언제!"

무혼의 창백한 얼굴과 초점없는 눈이 둘을 쳐다보고 있었다.

"아독!"

북궁현의 외침에 검은 복면인이 움직이려 했으나, 무혼의 손이 먼저였다.

무혼이 아독의 목을 잡았다.

그 모습에 북궁현은 뒤로 물러서며 크게 웃었다.

"하하하. 빨리 손을 놓는 것이 좋을 것이오, 소저. 독인의 몸을 맨손으로 잡… 으면……!"

아독의 일그러진 얼굴과 튀어나오려는 눈이 보였다.

그러나 무혼의 손은 멀쩡했다.

북궁현은 재빨리 검을 꺼내 무혼의 팔을 내려치려 했다.

악성은 다급히 속으로 외쳤다.

'무혼, 막아!'

무혼의 여유있는 손이 귀신같이 움직이며 그의 검과 부딪쳤다.

캉—!

"……!"

북궁현은 무혼이 피하기는커녕 손으로 검을 막자, 다음 공격을 위해서 진기를 끌어올렸다.

무혼이 아독을 바닥으로 내팽개쳐 버리고 그를 정면으로 바라보며 섰다.

창백한 피부가 마치 호신강기처럼 달빛에 빛났다.

북궁현은 무혼의 아름다움에 더욱 화가 났다.

"정말 징그럽게 운이 좋은 놈이군!"

천검묵우파를 사용하면 모두 잠에서 깨어날 것 같았다. 그렇다고 적당한 장소로 유인하자니 시간이 마음에 걸렸다.

악성은 고민하는 북궁현을 바라보며 고소를 지었다.

추경과 패륵에 이어 혈영전사의 머리를 뚫어버린 '의지'를 사용하지 않은 것만으로도 그는 고마워해야 한다. 물론 그가 그런 걸 알 리 없겠지만.

몸에서 빛이 나는 무혼 때문에 그래도 웃을 수 있었다.

'무혼, 건강해지니까 얼굴이 더 예뻐 보이는데? 하하하.'

천마환의 기운으로 치료를 받은 무혼의 몸은 이전보다 훨씬 단단해졌고, 악성의 명령을 따르는 반응도 전에 비할 바가 아니었다. 이제는 악성조차 무혼이 어디에 몸을 숨겼는지 찾지 못할 때가 있었다.

문득 왜 북궁현이 자신을 괴롭히지 못해 안달인가에 대해 의문이 들었다.

지금까지 그에게 딱히 잘못한 일도 없잖은가.

항상 의심스러운 눈으로 봤던 사람은 오히려 그였다.

생각하니, 은근히 화가 났다.

술기운이 한몫 했으리라.

부릅!

악성은 북궁현을 똑바로 쳐다보며 제제라면 어떻게 했을까, 생각했다. 당연히 '확 죽여 버려!' 라고 할 거란 건 안 봐도 뻔했다.

"엇!"

불행한 일이 일어나고 말았다.

악성의 생각을 읽은 무혼이 움직인 것이다.

슥—

악성의 진심이 어느 정도 담긴 생각이기에 무혼을 움직였으리라. 그러나 그래서는 안 된다. 약속을 어기는 것이 되잖은가.

악성은 곧바로 신형을 날렸다.

상황이 갑자기 이상해지자, 당황한 사람은 북궁현이었다.

정면에서는 무혼이, 측면에서는 악성이 다가오는 것이 아닌가?

"이젠 감출 것도 없다? 그렇다면 나도 더 이상 참을 수 없지. 천검묵우……!"

상대적으로 강한 쪽인 무혼한테 한 방 날리고, 그 틈을 타 악성을 상대하리라… 는 생각은 좋았으나, 상대적으로 약한 쪽이라 여겼던 악성이 먼저 도착한 바에야 별수없잖은가.

가죽 공 터지는 소리가 그의 가슴에서 터졌다.

팡—!

'……!'

북궁현은 자신의 앞가슴을 쳐다봤다.

움직이긴 무혼이 먼저 움직였건만, 어느새 악성의 양손이 그를 밀쳐내고 있었다.

쿵—

"누구냐!"

방문이 열리며 위지무와 담사우가 밖으로 뛰쳐나왔다.

악성은 소매로 이마를 훔쳤다.

"악 공자님?"

"주군, 이 시간에 여기서 무얼 하십니까?"

두 사람의 의문 가득한 눈을 보며 악성은 눈만 깜빡이다 겨우 입을 뗐다.

"엄… 넘어졌어."

"여기서 말입니까?"

"아니, 저기서."

악성이 가리킨 곳은 담벼락이었다.

위지무의 시선이 갑자기 날카로워졌다. 그리고는 천천히 담을 향해 걸어갔다.

악성이 다급히 물었다.

"위지 각주, 어딜 가?"

"악 공자님, 저는 이미 눈치채고 있습니다. 흐흐흐."

"……!"

악성은 화들짝 놀라서 손을 마구 저었다.

"아, 아니야. 그런 거 아니라니까."

"이 담 뒤죠?"

‘헉!’

악성은 당혹스런 얼굴이 됐다.

위지무의 눈치는 거의 살인적인 수준이었다.

‘휴우… 어쩔 수 없지.’

사실대로 말하는 것이 북궁현을 위해서도 좋았다.

“그게…….”

“하하하. 악 공자님, 그런 건 전혀 부끄러워하실 일이 아닙니다.”

“……?”

위지무는 갑자기 담으로 다가가 몇 번 두드리고는 곧바로 되돌아왔다. 그러면서 담사우를 향해 고개를 슬쩍 들어 뽐내는 것도 잊지 않았다.

담사우는 황당한 위지무의 행동에 옆으로 찰싹 달라붙으며 물었다.

“위지 각주, 뭐야? 무슨 일인데 주군께서 저리 당황해하시는 거야? 자네는 알고 있나 본데, 빨리 말해봐.”

“하하하. 알고 싶으세요?”

담사우가 크게 고개를 끄덕였다.

위지무의 표정이 능글스럽게 변하며, 담 뒤쪽을 보는 것처럼 힐끔거렸다.

“제 총령님께서 자리를 피할 시간은 줘야지요.”

‘엑!’

악성은 위지무의 엉뚱한 말에 입을 떡 벌렸다.

“호호호. 부끄러워하실 필요 없습니다. 방해꾼들은 이만 들어가겠습니다.”

“아!”

담사우도 그제야 무슨 일이 일어났는지, 나름대로 엉성하기 짝이 없는 추측을 끝냈다.

'킬킬' 거리는 두 사람의 모습에 악성은 혼자가 되고서 크게 웃었다.

"하하하."

담 아래로 떨어졌던 두 사람은 벌써 사라지고 없었다.

다음날 아침.

악성은 아무 일도 없었던 것처럼 멀쩡한 얼굴로 일행들과 함께 백리풍을 찾아갔다.

"며칠간 바빴네. 혈왕의 부하들이 분타 십여 군데를 휩쓸고 지나간 모양일세. 그래, 잠자리는 불편하지 않았나?"

핑계를 댄다고 여기기엔 표정들이 심각해 보였다.

슬쩍 북궁운혜를 돌아보자, 그녀는 기다렸다는 듯이 고개를 미미하게 끄덕였다.

"과분한 거처였습니다."

"다행이군."

북궁현의 안색이 유독 굳어 있었다.

지난밤에 위지무와 담사우가 보지 못하게 해준 것만으로도 충분한 배려잖은가.

백리풍은 별다른 대답이 없자, 곧바로 화제를 돌렸다.

"자, 여운휘에 대한 얘기를 들어볼까?"

"어디서부터 말씀을 드려야 할지 모르겠습니다."

"가장 피해를 많이 본 사람은 자네가 아닌가. 그럼에도 서두르지 않은 이유부터 말해주면 좋겠군."

예리한 질문이었다.

악성은 내색하지 않고 가슴을 쫙 펴며 말을 시작했다.

"여운휘의 본명은 탁휘룡입니다."

"탁휘룡?"

"예. 나이는 오십이 넘었지만, 겉은 이십대로 보이더군요. 그의 정체를 알게 된 데에는 백리 공자의 도움이 컸습니다. 그를 우리에게 맡기지 않았으면 몰랐을 테니까요."

"무슨 말인가?"

백리천의 당황한 표정을 모른척하며, 탁휘룡이 암황무적군단에 잠입한 이유와 왜 섬서까지 오게 됐는지는 추론으로, 나머지는 직접 들은 얘기로 설명해 주었다.

"정말 대단한 자였습니다. 구유대제께서 때마침 나타나지 않으셨으면 저는 죽었을지도 모릅니다. 어르신께는 인사가 너무 늦은 점, 죄송하게 생각합니다."

"켈. 그까짓 거 같고, 무슨. 너무 신경 쓰지 마라. 덕분에 나도 오십 년 동안 사용하지 못했던 구유풍운악까지 사용했으니 됐다."

철완은 손까지 저으며 흐뭇하게 웃었다.

백리풍은 잠시 생각에 잠겼다.

악성이 혈왕의 제자와 싸워서 죽지 않았다?

당연히 알아보기 위해 질문을 던져야 했다.

"호법이란 자들은? 듣기로는 강기무공을 사용하는 자들이라고 하던데?"

자리한 모든 사람들의 시선이 악성에게로 향했다.

제제는 악성이 엉뚱한 말을 할까 봐 조바심까지 치는 눈으로 바라보고 있었다.

'저 사람, 엉뚱하게 강기무공이 뭐냐고 반문하는 건 아냐?'

그녀의 생각은 정확했다.

"강기무공이요? 글쎄요. 그건 모르겠지만, 운 좋게 상대할 순 있었습니다."

'이그……'

제제는 한 손으로 얼굴을 가렸다.

악성은 자신이 한 말이 어떤 의미인지 몰라도 다른 사람들은 모두 알고 있었다.

'뭐? 강기무공도 모르는 놈이, 강기무공을 다루는 자들을 죽였다고? 더구나 어제는 나를 황당한 수법으로… 익!'

차마 생각만으로도 어제의 일을 떠올리고 싶지 않은 북궁현이었다. 게다가 어젯밤에 한 경고는 어디로 들었단 말인가.

분위기가 악성을 너무 높이 평가하는 듯 흐르자, 백리풍은 분위기를 바꾸며 칭찬으로 대신했다.

"그렇군. 그래서 내가 도착했을 때 그렇게 힘이 없어 보였던 게야. 허허허. 젊은 사람이 대단하군."

"아, 그때는 동료 때문에 많이 걱정을 해서 그랬습니다."

'악 공자님……'

악성의 말에 위지무는 코가 시큰해졌다.

어깨를 으쓱거리며 활짝 웃었다.

백리풍은 악성이 일행과 눈으로 신뢰를 다지는 모습에 내심 불쾌함을 느꼈다.

실력이 어느 정도인지 직접 확인해 보고 싶은 충동을 느꼈으나, 그

가 나선다는 것이 오히려 역효과밖에는 일으키지 않음을 잘 알고 있었
다.

'천이라면……'

또래 중에 백리천과 자웅을 겨룰 자는 없다고 해도 과언이 아니었
다.

"천아, 아침을 먹기 전에 잠시 움직여 보는 것도 좋지 않겠느냐?"

백리천은 기다렸다는 듯이 나섰다.

"안 그래도 한 번 실력을 확인해 보고 싶은 사람이 있어서 아버님께
허락을 구할 생각이었습니까."

"그래?"

백리풍은 아무것도 모르고 있었다는 듯이 인자한 미소를 지으며 한
마디를 건넬 뿐이었다.

"적당히 힘 조절하는 걸 잊지 말고."

"예."

백리천은 슬쩍 북궁운혜를 돌아봤다.

그녀의 시선은 악성과 그의 동료들이 앉아 있는 곳을 향한 채 움직
이지 않았다.

'쳇!'

손으로 면사를 가리는 걸로 봐서 웃음을 짓는 것 같았다.

짜증이 확 일었다.

아들의 마음을 알았는지, 백리풍은 악성에게 의향을 물었다.

"악 공자는 어떤가?"

악성은 의아한 눈으로 백리풍을 바라보며 반문했다.

"예?"

"허허허. 천이와 비무를 가져보면 어떻겠냐고 했네."

"괜찮습니다."

"응? 무슨 뜻이지?"

백리풍의 귀에는 거절의 뜻으로 들렸기 때문에 반문한 것이다.

악성은 포권을 취하며 명확한 뜻을 전달했다.

"산서까지 가야 하기 때문에 굳이 아침부터 번거로울 필요는 없을 것 같습니다."

"버, 번거로움?"

"원래 목적지가 산서였습니다. 중간에 일이 이상하게 꼬이는 바람에 이곳까지 왔지만, 다시 떠나야지요. 여운휘에 대한 얘기는 말씀드려야 할 것 같아서 온 것뿐입니다."

"허허허. 어쩔 수 없이 말해줘야겠군."

"예?"

"천마께서 며칠 내로 이곳에 도착하시네. 그때 함께 움직이면 되지 않겠나?"

갑자기 사람들이 일제히 웅성댔다.

"할아버지께서!"

"암황무적군단주가!"

"천마를 직접 보겠군, 그래. 켈켈켈."

악성도 예외는 아니었다.

'어쩐다?'

제제를 돌아봤다.

제룡이 온다는데 먼저 떠날 수는 없는 노릇 아닌가.

백리천이 기회를 놓치지 않고 재빨리 말을 이었다.

"아버님, 악 공자의 안전을 위해 초식에 제한을 두는 것이 어떨지요."

약속이나 한 듯이 백리풍은 아들의 청을 받아주었다.

"몇 초면 되겠느냐?"

"소자의 생각으론 삼 초식이 적당할 듯합니다."

"삼 초식?"

백리풍은 한 수로 끝내겠다는 말을 듣고 싶었다.

'저렇게 마음이 여려서야……'

일부러 봐주려 한다는 생각이 든 것이다.

그러나 당사자인 악성은 아무것도 모르고 있잖은가?

"어떤가? 삼 초식이면 오래 걸리지도 않을 것 같은데?"

악성에게는 선택의 여지가 없었다.

'어쩔 수 없구나, 버티는 수밖에.'

악성은 백리풍이 아닌 백리천을 쳐다봤다.

"세 번만 버티면 되겠네요. 알겠습니다."

백리천은 버럭 소리를 질렀다.

"뭐! 세, 세 번만 버티면! 익!"

세 초식은 어찌 생각하면 아주 간단하게 끝날 수 있는 대결이 될 수도 있지만, 세 번의 기회밖에 없다는 뜻이기도 했다.

백리천은 매 초식마다 전력을 쏟아내리라.

'적룡아를 연속으로 펼치자.'

백리천이 막 공격을 시작하려 할 때 백리풍의 전음이 들려왔다.

"천아, 사람들이 너를 주시하고 있음을 생각해라. 앞으로의 일을 생각해서 봉인한 힘을 쓸 생각은 하지 마라. 하나 천검부와 무적암살부를 흡수하려면 그들을 누를 만한 힘은 보여줘야 한다. 한 번에 죽이겠다는 생각으로 공격해라.”

‘……!’

백리천은 이미 계획을 세워 놓았다, 적룡아로 혼을 빼놓고 적룡비행으로 끝내겠다는.

악성에게 말했다.

“선공을 양보하겠소. 오시오.”

악성은 정천에 온 뒤로 한 번을 마음 편하게 쉬지 못했다.

백리풍과 두 부주의 시선이 그렇게 만들었고, 그들의 아들들이 계속해서 못 잡아먹어 안달 난 행동이 그렇게 만들었다.

백리천의 당당한 말에서 대단한 자신감이 느껴졌으나, 어차피 싸워야 할 거라면 피하고 싶지 않았다.

“저는 됐으니, 곧바로 시작하지요.”

제룡을 대신하기로 마음먹은 이상, 설렁설렁 상대할 생각은 없었다.

“대단한 자신감이군. 내가 그렇게 만만하게 보였던가? 그럼 더 이상 권하지 않겠소.”

말을 마친 백리천은 적룡의 기운을 아래로 내렸다.

파라락—

악성을 향해 ‘훅’ 하고 바람이 불었다.

피가 빠르게 몸을 돈다. 그만큼 백리천의 기운이 강하다는 반증이었다.

뒤쪽에서 지켜보던 제제는 가슴을 졸였다.

악성의 능력을 직접 봤음에도 긴장되는 건 어쩔 수 없었다.

시선들 때문이다. 제제와 위지무, 담사우를 제외하면 어느 누구도 악성한테 시선을 주는 사람은 없었다.

'그러길래 처음부터 산서로 가자니까…….'

제제의 생각과 달리, 위지무는 엉뚱한 생각을 하고 있었다.

악성은 언제나 그의 기대를 저버린 적이 없었다.

이번에도 어떤 결과가 일어날지 뻔했다.

'저 자식이 제법 하는 거야 알고 있지만, 악 공자님은 여운휘를 간단히 물리치셨단 말이지.'

걱정스레 쳐다보는 담사우의 어깨를 가볍게 건드려 줄 수 있는 여유도 그러한 생각을 하기에 가능했다.

"지금까지 한 번도 실망시킨 적이 없으신 분이세요."

담사우는 입술을 꾹 다물고 고개를 끄덕였다.

어느새 담사우도 위지무에게 익숙해졌던가?

"위지 각주는 재주도 좋군."

"예?"

"당연한 말을 아주 어렵게 하는 버릇이 있어. 후후후."

"킥킥킥."

둘의 모습에는 악성에 대한 신뢰가 가득했다.

슛―

"시작됐다!"

적룡적천하

　　“…….”

　백리천의 신형이 여러개로 분산되는 듯 악성의 양쪽으로 퍼졌다. 그는 완전히 자신의 신형이 악성을 포위한 형상이 되자 크게 소리쳤다.

　“적룡아— 칠초— 담천쇄(擔天鎖)!”

　후욱—!

　얼굴뿐만이 아니라, 몸 전체가 백리천의 신형에 점령당하는 기분이 들었다. 재빨리 한 걸음 뒤로 물러서며 사정권에서 벗어나려 했다. 그러나 백리천의 적각은 악성의 옆구리를 물어뜯었다.

　퍽—!

　“……!”

　더 파고들기 전에 허리를 비틀며 무혼검으로 적룡의 이빨처럼 보이는 발을 때렸다.

“하나가 끝이 아니다!”

“……!”

백리천은 물러서지 않고 악성의 옆구리를 시작으로 가슴, 목, 머리까지 셀 수 없이 많은 적각을 뻗어왔다.

모두가 입을 벌리고 물어뜯을 것 같은 형상으로 덮쳐들었다.

화웃— 콰화악—!

쿵쿵쿵—

심장이 빠르게, 이전보다 더 빠르게 뛰었다.

눈으로 집중된 힘은 적룡 하나하나를 선명하게 보여주었다.

적룡이 물었던 악성의 옆구리는 언제 맞았냐는 듯이 멀쩡했다.

백리천은 공격을 하면서 그 모습에 속으로 욕을 해댔다.

‘제길! 피부가 제법 단단하구나!’

무혼과 제제의 보호 속에 사는 녀석만은 아닌 모양이었다.

악성이 왜 그렇게 당당하고, 항상 두 여인이 꼼짝 못하는지 어렴풋이 알 것도 같았다. 그러나 그런 걸 이해하고 싶지는 않았다. 더 강한 모습을 보이고 싶었다.

그는 마음이 급해지자, 하체를 감싸던 붉은 기운을 더욱 끌어올렸다.

문득 떠오르는 생각.

어쩌면 몸 하나만 단단할 수도 있잖은가?

공격을 가하면서 내부에 힘이 가해지도록 경력을 실어 눌렀다.

그러나 뭐가 그리 즐거운지, 악성은 웃으며 무혼검을 이리저리 휘두르고 있었다.

백리천이 보기에는 얼마든지 와보라는 손짓 같았다.

‘건방진 놈!’

악성은 이미 자신만의 공간을 만들어놓고 있었다.

그의 적룡이 아무리 강하고, 깊게 찔러와도 순서만 기억하고 있으면 막는데 전혀 지장이 없는 것이다.

오히려 묵직한 느낌이 손끝에 전해질수록 악성의 표정은 밝아져만 갔다.

쾅―!

열 개째 적룡의 이빨이 깨지자, 지켜보던 모든 사람들은 어안이 벙벙한 표정을 지었다.

가장 놀란 사람은 당연히 북궁현이었다.

‘어, 어제 보여주었던 동작이 그럼 우연이 아니란 소리…….’

꿀꺽―

저절로 침이 넘어갔다.

유일하게 철완만이 이렇게 될 줄 알았다는 듯이 차를 홀짝이며 은근한 미소를 지었다.

“끄음…….”

속이 타 들어가도 내색할 수 없는 사람, 백리풍은 딱딱하게 굳은 얼굴로 둘의 비무를 지켜봤다.

‘적룡의 이빨을 저런 평범한 검 따위로 깨뜨리다니… 천마가 저런 무공을 익혔던가?’

사전에 제룡과 약속은 했지만 최후의 초식을 드러내기 전까지는 제대로 싸웠었다. 그러나 지금 펼쳐지는 악성의 수법은 본 적이 없었다.

백리천의 당황한 모습이 눈에 보였다.

“서두르지 마라. 아직 한 초식이 남았잖느냐.”

백리풍의 전음을 통한 목소리가 묘하게 백리천의 가슴을 후벼 팠다. 마치 '한 초식밖에 남지 않았는데, 뭐 하고 있는 게야!' 라는 말 같았다.

적룡아에 이어 적룡비행을 사용했다.

이제 그의 남은 선택은 한 가지.

'어쩔 수 없다.'

그의 눈에서 적광이 흘러나왔다.

벌떡.

백리풍이 자신도 모르게 자리에서 일어났다.

"천아!"

"백리 아우, 아이들의 대결일세. 그냥 두고 보자고. 정 위험하다 싶으면 내가 나설 참이니까. 켈켈켈."

"그, 그래도……."

백리풍이 일어났던 이유는 누가 다칠까 봐서가 아니었다.

백리천의 눈에서 흘러나온 적광의 비밀을 알기 때문이었다.

"이곳에서 드러내면 안 된다, 천아. 차라리 적당히 하고 손을 거두어라."

전음을 들었는지, 못 들었는지 백리천의 눈에서는 여전히 적광이 쏟아졌다.

악성은 겉으로는 쉽게 적룡을 상대하는 것 같지만, 무혼검에 적룡이 닿는 즉시 피의 순환을 최대한 빨리 해서 힘을 쏟아내고 있었다.

그때, 계속해서 공격을 가해오던 적룡의 공격이 갑자기 멈추었다.

"……?"

당연히 더 이어질 줄 알았던 공격이 멈춰지자, 악성은 의아한 얼굴로 백리천을 쳐다봤다.

‘웅? 이번에는 좀 다른 공격인가?’

기이한 느낌이 전신을 옭아매는 것이 느껴졌다.

“엇!”

방금까지 보였던 그의 신형이 순식간에 사라졌다.

악성은 다급히 무혼검을 들며 주위를 돌아봤다.

쉭—

무언가 다가왔다.

무혼검을 그으며 고개를 돌렸다.

“안개?”

안개가 머리 위에서 내려왔다.

흐릿한 분홍빛이던 안개가 점점 붉은빛으로 변하며, 이내 악성의 모습을 집어삼켰다.

지켜만 보자던 철완의 안색이 질리며 갑자기 벌떡 일어났다.

“백리 아우!”

“…….”

백리풍은 아무런 말도 하지 않았다.

“적룡적천하(赤龍赤天下)! 맞는가?”

철완은 자신도 모르게 중얼거렸다.

백리풍이 고개를 끄덕이며 인상을 썼다.

“맞습니다.”

“저, 저걸 어찌 천이가 펼칠 수 있는가.”

“저도… 몰랐습니다.”

그러나 자리에 있던 사람들은 모두 그 말을 믿지 않았다.

특히, 북궁악과 단소동은 기이한 눈으로 지켜봤다.

철완의 시선이 이내 악성에게로 돌려졌다.

'저 붉은 안개를 찢어야 한다. 늦으면 적각으로 만든 저 붉은 룡이 너를 집어삼킨다구, 어서!'

부풀어 올랐던 붉은 막이 삽시간에 악성의 몸을 덮쳤다.

"늦었나……."

철완의 중얼거림을 덮으며 굉음이 터졌다.

쿠콰콰콰콰―!

먼지가 가라앉기도 전에 안에서 백리천의 음성이 흘러나왔다.

"어이가 없군……."

망연자실한 음성이었다.

백리천이 창백한 얼굴로 악성이 서 있던 곳을 노려보고 있었다.

"……?"

철완과 백리풍은 의아한 표정을 지었다.

공격을 가한 백리천의 입에서 나올 말이 아니기 때문이었다. 더구나 먼지가 가라앉은 바닥에는 악성이 일어나지 못하고 있었다.

제제와 위지무가 악성을 향해 달려갔다.

"안 돼!"

"악 공자님!"

제제의 목소리와 손이 눈에 띄게 떨렸다.

위지무가 어쩔 줄 모르고 악성을 마구 흔들었다.

그때였다. 누워 있던 악성의 한쪽 눈이 슬며시 떠졌다.

"어?"

"악 공자님……."

악성은 두 사람을 향해 조용히 하라는 시늉을 했다.

위지무는 악성의 눈짓에 함박웃음을 머금었다. 그리고는 활짝 웃으며, 입으로는 서러운 목소리를 내는 특이한 재주를 선보였다.

"악 공자님, 이럴 수가… 여기서 돌아가시면 안 됩니다! 악 공자님!"

철완이 뒤늦게 다가와 제제와 위지무를 밀쳤다.

"켈. 비켜봐."

제제와 위지무는 약속이나 한 듯이 악성을 가리고 섰다.

"됐습니다. 악 공자님은 저희가 모시고 가겠습니다."

"상처를……."

제제가 '빽' 소리를 질렀다.

"됐다잖아, 망할! 걱정되면 처음부터 말리든지 했어야지!"

"……."

철완이 제제의 표독스런 눈에 기겁을 하며 뒤로 물러섰다.

그 틈에 위지무가 재빨리 악성을 업었다.

제제는 다시 한 번 독기 어린 눈으로 백리천을 쏘아보고는 돌아섰다. 곧바로 그녀를 따라 돌아서던 위지무는 깜빡 잊었다는 목소리로 한마디를 잊지 않았다.

"식사는 우리 방으로. 크흑……."

"……."

철완은 멍한 시선으로, 방으로 돌아가는 악성 등을 보다가 백리풍에게 시선을 돌렸다.

"백리 아우, 같이 밥 먹기 싫다는데? 그것 참."

백리천만이, 악성이 업혀서 완전히 사라질 때까지 눈을 떼지 않았다.

"악 공자님, 정말 괜찮으신 겁니까?"

위지무가 악성의 몸을 살피며 물었다.

어느새 일어나 앉은 악성은 왼손을 오른손으로 쓰다듬으며 고개를 끄덕였다.

"응. 제가 준 반지 덕분에 살았어. 후후후."

제제가 의아한 눈으로 악성의 왼손을 쳐다봤다.

"아! 그 반지!"

"기억나? 사도마련에 다녀올 때 조심하라고 줬잖아."

"한데 그게 무슨 도움이 됐다는 거야?"

제제는 말을 하면서 자연스럽게 악성의 왼손을 잡았다.

그 모습을 지켜보던 위지무는 '뜨악' 한 표정을 지으며 시선을 둘 곳을 찾아 고개를 이리저리 돌렸다.

'윽! 어제는 야밤에 난리를 치더니, 이젠 아예… 그나저나 이젠 악공자님도 가만히 계시네? 흐흐흐.'

놀라운 것은 악성이 가만히 있다는 것이다.

그러나 악성은 제제가 손을 잡았다는 것도 모르고 있었다.

너무 자연스러운 그녀의 행동에 손을 맡긴 채로 설명을 이었다.

"사방에서 발이 날아오니까 정신을 차리지 못하겠더라고. 나도 모르게 왼손을 막 휘둘렀더니… 휘둘……."

상황을 설명하려 왼손을 들어올리자, 잡고 있던 제제의 손도 함께 따라 올라왔다.

앞을 보자, 위지무와 담사우가 밥 먹다 말고 입을 벌리고 있었다. 그 표정을 굳이 설명할 것이 뭐가 있겠는가.

"엄……."

탁―

위지무와 담사우가 젓가락을 놓고 자리에서 일어났다.

악성이 둘을 향해 손짓하며 앉으라는 눈빛을 던졌다.

"아, 아냐!"

제제는 여전히 잡은 손을 풀지 않고서 위지무와 담사우를 향해 씨익 웃어주었다.

알아서 빠지라는 뜻임을 왜 모르겠는가.

두 사람은 더 있다가는 나중에 어떤 봉변을 당할지 몰랐다.

악성의 만류를 뿌리치며 밖으로 나갔다.

"저희는 밖에서 밥 먹는 것도 좋아합니다. 하하… 억!"

위지무가 방문을 여는 순간, 바로 앞에 백리천이 서 있는 것이 아닌가?

"배, 백리천!"

"……!"

백리천의 눈에 열린 방 안의 모습이 한눈에 들어왔다.

악성과 제제가 다정하게 손을 잡고 있는 모습은 그를 절망케 만들고 말았다.

놀고 있었던 것이다.

'혹시나 해서 와봤는데, 역시나 멀쩡하군. 큭!'

차라리 오지 않았으면… 하는 생각이 들었다.

그래도 하고 싶은 말은 해야 했다.

"일부러 진 것처럼 했나?"

악성이 재빨리 일어나며 손을 저었다.

"그, 그게 아니라……."

악성의 말을 자르며 백리천은 이를 갈았다.

"오늘을 기억해야 할 거다. 이 백리천이! 아버님 외에 반드시 꺾고 싶은 자가 생길 줄은 꿈에도 몰랐으니까."

"……."

악성은 이를 악물고 돌아서서 가버리는 그의 뒷모습을 멍하니 쳐다봤다.

말을 한다고 해서 풀릴 오해도 아니었지만, 그가 한 말 때문에 잠시 가슴이 뛰었다.

백리풍 외에 꺾고 싶은 상대?

기분이 나쁘지 않았다. 아니, 기분이 무척 좋았다. 또한 그런 말을 할 줄 아는 백리천의 용기가 멋있게 보였다.

그러나 제제의 생각은 다른 모양이다.

"흥! 저러구 가면 누가 멋지다고 할 줄 아나보지?"

"응."

"응?"

"내가 멋지다고 생각했거든."

"……."

"……."

"쟤… 졌잖아."

"내가 이긴 것도 아니야."

제제는 고개를 저으며 더 이상 듣기 싫다는 듯이 도리질 쳤다.

"아니야. 쟤는 진 거야."

"안 졌다니까."

"아, 몰라. 이미 끝난 얘기야. 쟤는 졌어. 안 들어."

제제의 냉정한 반응에 악성은 곤란한 웃음을 지었다.

"왜… 졌다고 하면서 저렇게 당당할 수 있는 사람은 많지 않을 것 같은데? 멋지다. 하하하!"

"멋진 것도 쌔고 쌨다. 흥!"

제제가 뭐라고 하든 악성은 새로운 눈으로 백리천을 생각했다.

'지금까지 그를 너무 가볍게 대한 건 아닌지… 진지한 사람이다. 자신이 무얼 원하는지 알고 있는 사람이야.'

뭘 어쩌겠다는 것이 아니라, 그저 심통 맞은 친구를 만나서 기분이 좋은 느낌이었다.

악성과의 비무가 끝나고 열흘 가까이 지났다.

백리천은 급하게 옷을 갈아입고 방을 나섰다.

'새벽부터 무슨 일로 부르시는 거지?

백리풍의 급한 부름에 정웅전으로 들어서던 그는 제자리에 딱 굳어 버렸다.

"……!"

팽팽한 기운이 내전 전체를 감싸고 있었다.

문을 열고 안으로 들어가자, 키 작은 노인과 세 명의 노인이 보였다. 제룡과 삼마군이란 것도 모르고 대항하려 기를 끌어올렸다.

제룡은 백리천의 행동에 껄껄 웃었다.

"백리 천주가 자랑할 만한 아들이로고. 자네 얘기는 방금 들었네. 앞으로 정파를 책임질 기재라고? 노부는 제룡이라 하네. 한 번쯤은 들어봤겠지? 정파에서는 이를 가는 사람일 테니. 흐흐흐."

"……!"

제룡이란 이름에 백리천은 바짝 언 채로 백리풍을 돌아봤다.

그제야 며칠 전인가 제룡이 온다는 말을 들은 것 같았다.

"…백리천입니다."

약간은 경직된 말투였다.

백리풍이 재빨리 말을 받았다.

"천마께서 그리 말씀해 주시다니, 과찬이십니다. 허허허."

"과찬은 무슨. 흐흐흐. 사실, 내게도 자랑하고 싶은 녀석이 한 놈 있소. 언제고 보여 드리리다. 그놈이 아주 걸물이라 백리 천주도 마음에 드실게요."

"혹, 무혼지주를 말하시는 겁니까?"

"엇! 백리 천주가 어떻게……."

"그는 암황무적군단을 대표해서 며칠 전부터 이곳에 와 있습니다."

"암황무적군단을 대표해서?"

제룡과 삼마군은 의아한 표정을 지었다.

백리풍은 웃으며 백리천에게 다가오라는 손짓을 했다.

"천마께서 오신다는 말을 듣고 싸울 줄 알았더냐?"

"이곳에 올 이유가 없잖습니까."

"그건 네가 잘못 알고 있다. 분타를 모두 없앴다는 건 알고 있느냐?"

"알고 있습니다."

"암황무적군단의 지부도 모두 사라졌다. 각각 호북과 사천에 거점만 두고 있다."

"그것과 사파의……."

"혈왕의 존재는 나보다 천마께서 먼저 알고 계셨다. 벌써 몇 달이나 됐지. 직접 경험해 보고 나니, 왜 진즉 서두르지 않았나 싶을 정도구나. 천아!"

“……”

백리풍은 백리천이 자꾸만 제룡을 돌아보자, 그 모습이 경계심이라고 여기고 주의를 줄 요량이었다.

그러나 백리천의 행동에는 이유가 있었다.

제룡과 삼마군은 자리에 앉아 있는 것만으로도 실내가 팽창 될 정도의 고수였다. 저런 사람한테 무공을 전수받았으니 당연히 강할밖에.

백리천은 제룡을 보며 악성을 생각하고 있었다.

처음 만났을 때부터 자신을 속인 것과 열흘 전 비무에서 마지막 초식을 받아낸 후에 일부러 쓰러진 것까지.

무엇보다!

백리천은 내부가 진탕되는 고통을 이겨내느라 힘들었으나, 악성은 어땠는가. 싸움 직후 멀쩡한 모습으로 한가롭게 장난까지 치고 있었잖은가.

혈왕을 상대하기 위해 제룡과 백리풍이 어떠한 작전을 짰는지 하나도 궁금하지 않았다. 적어도 지금은 제룡의 무공이 얼마나 강한지에만 관심이 닿아 있었다.

“천아!”

백리풍이 다시 한 번 부르자, 백리천은 대답 대신 자리에서 벌떡 일어나며 고개를 숙였다.

“아버님, 소자는 먼저 일어났으면 합니다.”

“허, 이 무슨 실례를!”

백리풍은 백리천의 반응에 당황한 얼굴로 재빨리 제룡을 돌아봤다.

다행히도 제룡이 차를 마시고 있었다.

딸각.

제룡은 찻잔을 내려놓으며 백리천에게 말했다.

"몸이 안 좋은가보군. 내가 보기에도 쉬는 것이 나을 듯하네. 만나서 반가웠네."

백리천은, 다 이해한다는 제룡의 표정에서 악성의 얼굴을 떠올렸다.

"그럼……."

곧장 밖으로 나갔다.

등 뒤로 그의 무례를 꾸짖는 백리풍의 시선이 느껴졌다.

빛이 창문 틈새로 빠져나와 북궁운혜의 탁자 위에 똬리를 틀었다.

"……."

그녀는 가만히 책자를 쓸었다.

슥, 스윽—

빛은 만져지지 않았다.

옆으로 조금씩 이동하는 모습을 지켜보기로 했다.

일각, 이각…….

그녀와 함께 앉아 있던 흑백무상이 떠날 시간이 됐다.

둘은 그녀를 잘 알기에 이런 분위기가 익숙했다.

흑무상이 조용히 입을 열었다.

날이 밝기 전에 와서 이 시간까지 함께 있었으면 된 것이다.

"아가씨, 저희는 이만 돌아가도록 하겠습니다."

"……."

두 사람은 대답없는 그녀에게 인사를 건네고는 자리에서 일어섰다.

그렇게 그들이 방을 나설 때까지도 그녀의 고개는 들려지지 않았다.

탁—

방문이 닫히자, 그제야 책에서 시선을 떼고 창가로 움직였다.

'아버님께서도 알고 계셨던 거야, 그 대결에서 악 공자님은 지지 않은 것을. 악 공자님과 가까이 하지 말라는 말씀을 굳이 흑백무상을 통해 전하신 것만 봐도 알 수 있지.'

창문을 열고 바깥을 내다봤다.

데워진 공기가 방 안으로 훅 밀려들었다.

살갗에 닿는 습기가 썩 좋지 않았다.

탁자에 올려놓은 두루마리를 돌아봤다.

혈영전사들과의 싸움 이후 삼위성의 약점이 드러났다.

새롭게 보완하기 위해 칠현금쇄의 음과 연동시킬 수 있는 방법을 찾고 있었다. 칠현금쇄의 음을 삼위성이 증폭시켜 줄 수 있다면 엄청난 효과를 거둘 수 있을 것 같아 시작한 연구였다.

슥―

그녀는 창문을 통해 몸을 날렸다.

정천에 와서 가장 마음에 들었던 곳을 가려는 것이다.

그때였다. 그녀의 뒤쪽에서 누군가가 불렀다.

"북궁 소저?"

뒤를 돌아보자, 환하게 웃는 얼굴로 서 있는 악성이 보였다.

"악 공자님."

"어딜 가시는 길이세요?"

"답답해서 잠시 산보나 하려고요."

"하하하. 저도 가만히 있기 뭐해서 주위를 둘러보려던 참이에요."

"그럼 함께 가실래요? 제가 종종 다니는 길이 있답니다."

"그러죠."

악성은 흔쾌히 고개를 끄덕였다.

역시나 묘한 매력이 느껴진다. 뭔가 이 사람과 상의하면 어려운 일도 쉽게 해결이 될 것 같은 느낌을 주는 사람이다.

백리천이 비무에서 사용했던 마지막 적룡적천하는 바로 삼극무황의 무공이었다.

삼위성이 소매 속에서 반짝이는 걸로 봐서 틀림없었다.

비무가 있은 다음날 일찍 북궁현과 단파가 각각 천검부와 무적암살부로 떠난 걸 보면, 충격이 컸던 모양이다.

악성은 걷는 내내 주위를 한가롭게 둘러보았다.

가끔씩 날씨와 길게 뻗은 숲의 모양에 대해 얘기를 했으며, 가만히 서서 더운 바람을 맞기도 했다.

"악 공자님은 참 재미있는 분이세요."

"하하하. 제나 위지 각주가 들었으면 콧방귀를 뀔 말이네요."

그녀의 말에 쑥스러운 듯 웃어버리는 그의 모습.

과연 그가 백리천과 팽팽하게 대결을 벌인 사람인지 의심이 들 정도로 평범해 보였다.

'이런 분이 삼극무황의 전인 세 명을 동시에 긴장하게 만들었다면 누가 믿을까? 오빠한테는 미안하지만, 정말 겨뤄보고 싶은 사람이야. 한 번 부탁드려 볼까? 괜히 이상한 생각을 하시면 어떡하지?'

북궁현에게 미안한 마음이 드는 이유는, 악성을 상대로 사용해 보려는 무공을 그한테 사용하기로 약속을 했었기 때문이다.

삼황과 삼선의 무공을 연구하던 그녀가 우연히 얻게 된 무공.

"악 공자님, 부탁 하나 드려도 될까요?"

"예?"

"아주 개인적인 부탁이에요."

악성은 잠시 대답을 하지 못했다.

정색을 하고 부탁하는 모습에서 각오를 읽었기 때문이다.

"저와 비무를 해주시지 않겠어요?"

"예?"

역시나 대담한 그녀였다.

"그날, 백리 공자님과 악 공자님의 비무를 보고, 저도 한 번쯤은 제 무공을 펼쳐 보고 싶었어요. 오빠 때문에 무공에 욕심을 내서는 안 되지만, 지금이 아니면 평생 펼쳐 볼 기회가 없을 것 같아서 그래요. 제 부탁, 들어주실래요?"

분명히 간절함이었다.

'저 눈빛! 며칠간 백리천의 모습이 자꾸만 떠올랐던 이유가 바로 저 눈빛이다. 그도 그렇고, 북궁 소저도 그렇고… 무슨 목표를 가지고 있기에 저런 눈이지? 아니, 어떤 생각을 갖고 있으면 저런 눈빛을 가질 수 있는 거지?

쿵쿵쿵.

가슴이 두 방망이질 쳤다.

망설이다가 힘겹게 허락했다.

"오히려 제가 드리고 싶었던 부탁입니다."

"예? 악 공자께서요?"

"저도 비무가 끝나고 한 가지 질문을 하고 싶은데, 솔직하게 대답해 주시겠어요?"

"비… 무가 끝나고 나서요?"

"예. 참, 백리 공자와 겨룰 때처럼 초식의 수를 제한하는 것이 좋을 듯합니다."

"제가 청하고 싶었던 말이에요. 총 칠 초식, 하지만 이어지는 초식이 아니라, 일곱 번째 음으로 제 공격은 끝이에요."

"일곱 번… 알겠습니다."

"준비되셨으면 알려주세요."

그녀는 천천히 소매에서 세 개의 돌, 삼위성을 꺼냈다.

스슷—

기묘한 소리와 함께 세 개의 돌이 허공으로 떠올랐다.

직감적으로 그녀가 손을 쓰게 해서는 안 된다는 생각이 들었다.

무혼검을 꺼내어 그녀에게 겨눴다.

피가 빠르게 순환하며 심장을 자극하자, 심장에서 무언가가 떨어져 나와 무혼검으로 이동했다.

거대한 눈이라 이름 붙인 그것이 움직인 것이다.

그만큼 그녀의 몸에서 느껴지는 힘이 강하다는 뜻이었다.

소름이 돋았다.

기가 피부에 닿아 생기는 변화가 아니었다.

그런 것과는 차원이 다른 느낌이었다.

물이 높은 곳에서 낮은 곳으로 흐르는 것이 이치였다. 처음에는 그녀 쪽이 높았으나, 점점 악성 쪽으로 기울고 있었다.

북궁운혜는 소매 속의 칠현금쇄를 만지작거렸다.

허공에 떠 있는 삼위성을 바닥으로 내렸다.

삼위성이 땅에 닿는 순간.

따— 아— 앙—

칠현금쇄의 줄을 약하게 당긴 후, 이어서 짧고 강렬하게 한 번 더 두

들겼다.

투— 탕!

퀴리릭—

칠현금쇄의 음에 맞춰서 삼위성은 무서운 속도로 솟구쳤다.

쿵!

그녀의 강렬한 음(音)은 삼위성에만 닿은 것이 아니었다. 악성의 심장을 향해 맹렬히 쏘아져 들어왔다.

쿵쿵쿵쿵.

심장이 빠르게 뛴다.

기분 좋은 느낌이었다.

삼위성이 다가올수록 백리천의 붉은 안개와 다시 마주한다는 생각을 떨칠 수가 없었다.

심장에서 빠져나온 거대한 눈을 무혼검으로 보냈다.

들썩—

몸이 공중으로 떠올랐다가 다시 가라앉았다.

기대감으로 인해 얼굴은 환해졌다.

악성의 표정을 바라보던 북궁운혜는 속으로 생각했다.

'과연 악 공자님이 모두 받아낼까?'

일곱 번째 음까지 다 타게 되면 어떤 현상이 일어날지, 그녀도 아직 알지 못했다.

이미 결정한 일, 망설이다가는 놓치게 된다.

숫—

그녀의 머리칼이 일제히 허공으로 떠오르며 마구 흩날렸다.

첫 음이 '따앙' 하는 소리와 함께 퉁겨졌다.

그때였다.

파라라라—!

숲이 요동쳤다.

칠현금쇄에서 빠져나간 음이 악성한테 닿기도 전에 숲이 반응한 것이다.

그녀는 조금 전보다 강한 음을 준비하고 단숨에 칠현금쇄를 퉁겼다. 또다시 요동칠 것에 대비해 언제든 삼위성을 부를 준비도 끝냈다.

따당— 따아앙—

연속으로 세 번을 퉁겼다.

음이란 무형이다. 그러나 그녀의 손을 떠난 음은 날아가면서 형체를 갖추기 시작하더니, 급기야는 나뭇잎 모양으로 변했다.

쯔증—!

"헛!"

나뭇잎 모양의 음파가 악성의 근처에서 더 나아가지 못했다.

무언가가 음파를 잡고 있는 것이다.

그녀는 엉뚱한 상상을 하고 말았다.

'저 현상은 뭐지? 혹시 유형화 된 내 음파를 숲에서 나온 바람이 잡았다고?'

악성의 주위를 감싸고 있던 막이 오목하게 파였으나, 더 이상은 파고들지는 못하고 있었다.

그녀는 마른침을 삼키고 한 번 더 칠현금쇄를 퉁겼다.

이번이 약속한 마지막 일곱 번째 음이었다.

'마지막!'

땅—!

맑은 음향이 그녀의 손을 벗어나자마자, 나뭇잎 모양의 백색 광채를 뿜내며 날아갔다.

이번의 음파가 향한 곳은 악성의 머리 위에 있는 삼위성이 있는 곳이었다. 음파에 의해 삼위성도 알아서 빛을 뿌리기 시작했다.

백색 광채와 삼위성의 빛은 이내 하나로 얽혀들었다.

쒸아— 솨—

와류처럼 서로의 몸을 감싸며 앞은 뾰족하고 뒤는 둥그런 추의 형태를 갖추더니, 그대로 악성의 머리 위로 떨어져 내렸다.

큐왓—

놀라고 당황해야 할 악성의 눈은 더없이 담담했다.

이미 경험한 적이 있는 공격이었다.

어느새 백리천의 붉은 안개를 마주하던 때로 돌아갔다.

악성은 그때, 가죽 공 안에 들어 있는 돌처럼 느껴졌다.

곧 바람이 일시에 빠지면서 가죽이 덮칠 것이다.

어느 정도의 힘을 내야, 일시에 조여드는 가죽을 찢을 수 있을까?

무혼검을 쥔 오른손에 힘을 주었다. 찢을 수 있었다. 왼손의 반지가 아니라도 가능하다고 믿어야 한다고 속으로 외쳤다.

뚫을 수 있다, 뚫을 수 있다!

츠츠츠릇—!

예상대로 그녀의 공격은 순간적으로 악성을 휘감아왔다.

곧이어 무혼검을 통해 나오는 힘과 충돌을 일으켰다.

쿠쾅—!

백색 광채와 삼위성이 합친 빛무리는 예상했던 힘을 훨씬 웃돌았다.

간신히 튕겨낸 빛무리.

높이 솟구쳤다가 더 빠른 속도로 다시 내리 꽂혔다.

백리천의 적룡아 같기도 하고, 적룡적천하의 수많은 적룡이기도 하며, 그 전체인 것 같은 빛무리.

눈에 보이는 저 공격을 막으려면 어느 정도나 피를 빠르게 순환시켜야 하는가?

생각은 길게 이어지지 않았다.

콰!

이번에는 튕겨내지 않고 무혼검으로 빛무리를 잡았다.

'세상에⋯⋯.'

북궁운혜의 표정이 아연실색해졌다.

천상칠음(天上七音)을 삼위성으로 증폭시켰음에도 막아낸 것이다.

약속한 일곱 번의 공격이 모두 끝났다.

움찔거리는 손을 마음으로 다독거리며 칠현금쇄를 놓게 만들었고, 전신이 짜릿해져서 흥분 상태가 된 몸은 호흡으로 조절했다. 동시에 음파와 삼위성이 결합된 추는 사라졌다.

"훅훅⋯ 후압!"

거칠게 숨을 내쉬는 악성의 몰골은 말이 아니었다.

그녀는 재빨리 다가가 악성을 부축해 주었다.

"악 공자님, 괜찮으세요? 제가 너무 흥분했었나 봐요, 죄송해요."

악성은 몸을 이리저리 살펴봤다.

몰골은 형편없었으나, 기분은 최고였다.

"휘유⋯ 정말 대단하세요."

그녀는 악성의 진심 어린 표정을 보며 웃음을 터뜨리고 말았다.

"풋, 다 막아내셨으면서……."

"아니요. 정말 대단한 무공이었어요. 그런 방법이 있을 줄 누가 상상이나 했겠어요. 일곱 번째 음이 위로 올라가기에 살았다고 생각했는데, 더 엄청난 힘으로 내려올 줄이야. 휴유… 꼼짝없이 죽는 줄 알았다니까요. 하하하."

"엄살이시죠?"

"아니요!"

"아무튼, 감사해요. 악 공자님이라면 받아내실 거라 생각했어요."

"예? 제가요?"

"그냥, 그러실 것 같았어요. 움직이실 수 있으세요?"

"잠시만 쉬었다 가면 안 될까요? 이렇게 짧은 시간에 녹초가 되긴 처음인 것 같네요."

'전혀 기가 느껴지지 않는다. 비무를 하기 전과 후가 어쩜 이렇게 똑같을 수가 있지?

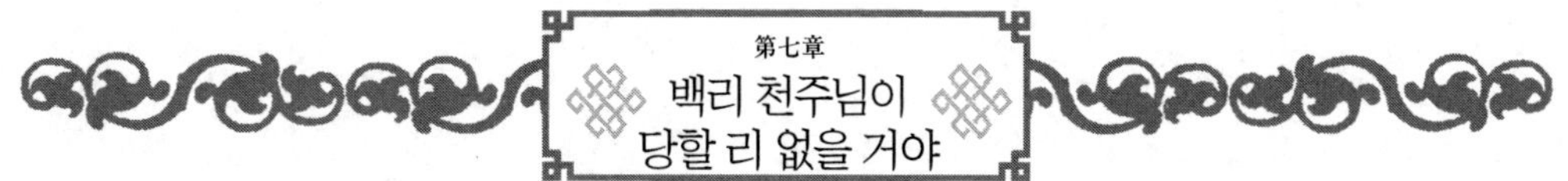

백리 천주님이
당할 리 없을 거야

"**위**지 각주!"

의자에 앉아 빈둥거리던 위지무는 화들짝 놀란 눈으로 제제를 쳐다봤다.

"왜 그러십니까, 제 총령님?"

제제는 아랫입술까지 잘근잘근 씹으며 다급한 표정이었다.

자리에서 벌떡 일어나 그녀에게 다가갔다.

"무슨 일이 있으십니까?"

"그가 없어."

"예?"

"아무리 찾아봐도 보이질 않는단 말이야."

"악 공자님께서도 말 못할 사정이 있으시지 않을까요? 헤헤헤."

"넌 뭘 알고 있지, 그치?"

“아니요!”

“놀라는 것 보니까 아는 눈친데? 어디 갔어?”

“저, 정말로 모르는데요.”

“뭐야, 알지도 못하면서 아는 척한 거야!”

“그, 그게 아니고…….”

“오호, 한 번 죽었다 살아난 놈은 뭔가 다르네에?”

위지무는 쏘아보는 제제의 시선을 피해 고개를 이리저리 돌려야 했다.

“이…….”

제제의 입에서 무슨 말이 나오려는 순간.

위지무는 벼락같은 동작으로 창문을 향해 몸을 날렸다. 생각과 몸이 일치하면서 평소의 그답지 않은 엄청난 속도를 냈다.

“거기 안 서!”

잡히면 어떤 고초를 겪게 될 것이 뻔한데 어쩌란 말인가.

‘못 서요!’

위지무는 혼신의 힘을 다해 달아나는 와중에도, 혹시 제제가 쫓아올까 두려워 목청껏 악성을 부르는 걸 잊지 않았다.

“악 공자님! 악 공자님!”

제제는 분한 듯이 발로 땅을 굴렀다.

쿵—

“몇 대 맞아준다고 죽냐, 이 인간아!”

위지무가 마음먹고 달아나면 이젠 쫓아가기도 벅차다.

죽다 살아나면 다 저렇게 되는지.

그래도 아직 한 명이 남아 있었다.

방문을 열고 담사우를 불렀다.

"담 전… 어?"

아무도 없었다.

"이것들 봐라?"

그때, 뒤에서 노인의 목소리가 들렸다.

"켈. 게서 뭐 하는 게야?"

제제는 화들짝 놀라서 뒤를 돌아봤다.

철완이 혀를 차며 서 있었다.

"있느냐?"

악성을 가리키는 말이었다.

"없는데요."

"불러오너라."

"어딜 가서 불러요? 여기가 암황무적군단도 아닌데. 칫!"

"말버릇하곤."

제제는 곧바로 친절한 목소리로 대답했다.

"호호호. 많이 급하신 일인가 봐요?"

"안 그러면 내가 예까지 왔겠느냐?"

"무슨 일인데요?"

"넌 알 것 없다."

"왜요, 혹시 알아요? 제가 도울 수 있는 일일지."

철완은 지금의 상황이 이해 불가능했다.

그러나 그녀의 붙임성있는 성격이 싫지는 않았다.

'이런 손녀를 키운 제룡이 부럽군. 클클클.'

번뜩.

제제는 철완의 시선을 읽었다.

'그렇지! 이 수법에 안 넘어갈 사람은 없지. 호호호!'

제룡도 그녀의 애교에는 두 손을 들지 않던가.

역시나 철완의 입에서 약간 누그러진 말이 나왔다.

"요즘 정천 분타 이곳저곳이 난리가 아니다. 살아남은 뻘건 옷 입은 놈들이 난리를 피우는 모양이야."

제제가 갑자기 손뼉을 쳤다.

짝—!

"어머!"

"……?"

"그럼 저를 찾으셨어야지요."

"켈. 너를?"

"그럼요!"

대답을 하고는 쪼르르 달려가 힘차게 조잘거리기 시작했다.

"그 사람도 가끔씩 깜짝깜짝 놀라요. 어떻게 그놈들이 있는 곳을 그렇게 정확히 아느냐며 탄성까지 지른다니까요? 세상에… 정말 놀랍지 않으세요? 잘 선택하신 거예요. 호호호. 잠시만 기다리세요."

"뭐? 어딜 가는 게냐?"

철완이 우물쭈물하는 사이, 제제는 벌써 자신의 방으로 들어가고 있었다.

"함께 가려면 옷을 갈아입어야지요."

"……."

철완 혼자 가버릴까 싶었는지, 재빠른 행동이었다.

'클. 이거 괜히 혹 하나만 달리는 건 아닌지…….'

마오는 열흘 전, 악성에게 당한 수모를 잊지 않고 있었다.

감히 자신의 면전에서 말은 못하지만, 웬만한 제자들은 모두 알고 있는 눈치였다. 그쯤이면 적당히 무마시킬 수도 있다. 문제는 천검부와 무적암살부의 무인들도 알고 있다는 것이다.

창피해서 미칠 지경이었다.

당연히 백리풍과 아주 친근하게 대화를 주고받으며 걷는 제룡을 보는 시선이 고울 리 없었다.

'저런 난쟁이 똥자루만 한 영감이 천마라고?'

믿기지 않았다.

그가 알고 있는 제룡은 치사하고, 야비하며, 싸움에서 이기기 위해서는 수단과 방법을 가리지 않는 자였다.

독랄한 암습을 대비해 천검부와 무적암살부의 정예를 배치해 놓았다. 그러나 초긴장 상태인 그와 다르게 제룡은 너무도 태연했고, 편안해 보였다.

기분이 나쁜 진짜 이유인 것이다.

'저 살인마 때문에 죽어간 동료가 몇인데! 낌새만 보이면 언제든 죽일 수 있다. 한 번 떠봐?'

제룡을 바라보는 그의 눈에 살의가 순간적으로 나타났다, 사라졌다. 백리풍도 가만있는데 그가 나설 명분이 없기 때문이었다.

그러나 그 잠깐 동안 흘린 살기는 세 사람을 움직이게 만들었다.

그의 귀로 뭉툭한 음성이 들렸다.

"흠, 어떻게 한 번 해보려는 것 같은데?"

"……!"

깜짝 놀라 옆으로 돌아보려는 순간, 또 다른 목소리가 들렸다.

"설마… 이런 간덩이로 그게 가능하기나 할까?"

'두, 둘이나……'

문득 제릉을 호위하던 삼마군이 생각났다.

눈만 들어 앞쪽을 쳐다봤다.

'역시……'

그들의 대화가 이어졌다.

"봐. 눈썹을 꿈틀대잖아. 누군가를 죽이고 싶다는 생각이 들었던 거야."

"흠, 자네 말을 들으니 정말로 그런 것도 같은데?"

꿀꺽—

마오가 비록 정천의 호법 중 한 명이라고는 하지만, 실력이 삼마군에 비할 바는 아니었다. 나이 차만 해도 무려 이십 년. 그 정도의 세월은 생각만으로 좁힐 수 있는 것이 아니다.

옆을 돌아보려는 그의 시선이 다시 멈췄다.

"주군께서는 마음이 너무 좋으시다니까."

"……!"

이번에는 뒤쪽에서 사람 좋은 목소리가 들렸다.

단지 제릉이 못마땅하다는 생각을 했을 뿐인데, 어느새 둘은 자신의 양쪽을, 나머지 한 명은 뒤를 막아서고 있는 것이다.

만약 한마디라도 제릉에 관한 말을 했으면 어떻게 됐을지…….

긴장으로 인해 전신이 팽팽해졌다.

'기척도 느끼지 못할 정도로 은밀한 움직임이라니… 이런 자를 수하로 두었으니, 저리도 당당할 수밖에.'

누군가가 봤다면 네 사람이 친해져서 이러저러한 담소를 나누는 것처럼 보였으리라.

뒤에 있던 소소마군이 웃는 얼굴로 그에게 말했다.

"정천은 여전히 편한가 보군. 호법이란 자가 함부로 감정을 드러내는 짓을 서슴지 않는 걸 보면 말이야. 후후후. 은근히 배가 아픈 걸? 나, 소소마군이 어떻게 암황무적군단에 들어갔는지에 대해서 안다면 그럴 수가 없을 텐데. 모른다고 생각할 테니, 적당히 티 내. 이번에는 경고의 의미로 알려주지만, 다음에는……."

사— 악.

'……!'

귀로 가까이 다가서는 서늘한 느낌에 마오는 어깨를 움츠렸다.

"죽.어. 천마께 불경한 자는 우리가 그냥 두질 않는다."

마오는 진땀을 흘렸다.

앞서 가던 북궁악과 단소동이 뒤를 돌아보는 모습이 보였다.

'살았다.'

당연히 도와줄 것이라 여기곤 웃으며 눈을 몇 번 깜빡거렸다.

소소마군이 마오의 그런 생각을 읽지 못했을 리 없었다.

슬쩍 앞으로 한 발짝 움직이며 두 사람에게 들으라는 듯이 한마디 건넸다.

"너를 동료로 여기는 사람은 백리 천주뿐인 모양이군. 후후후."

'저, 저들은 나를 동료로 여기지 않는다고?'

기다렸다는 듯이 북궁악과 단소동이 냉정하게 고개를 돌렸다.

'최악이군…….'

그를 위협했던 삼마군보다 냉정한 눈으로 외면하는 북궁악과 단소동이 더욱 소름 끼쳤다.

다행히 다른 목소리가 들렸다.

백리풍이 악성에게 마련해 준 거처 앞에서 손으로 가리키며 말했다.

"이곳입니다."

"……."

제룡은 거처를 이리저리 둘러봤다.

최고급은 아니지만 그래도 꽤나 신경 쓴 것 같았다.

"좋군요. 녀석들 호강하는군. 흐흐흐."

정천에서 은근히 찬밥 신세나 되진 않았는지 걱정이 돼서 서둘러 온 것이다.

백리풍은 인자한 얼굴이었으나 눈빛은 그리 편하지 않았다.

결과적으로 악성 때문에 자칫 곤란해질 수 있는 상황에서 벗어난 것이다.

'신경 쓰이게 만드는 녀석이야. 천마가 무혼지주에게 손녀를 맡긴 이유가 있었군. 무공도 천이와 별 차이가 없는 데다 부하들을 다루는 수법도 교묘해. 사파는 재목을 얻었어.'

백리천이 말하지 않는 이상, 백리풍은 실제 승자가 악성이란 사실을 영원히 모를 것이다.

그때였다. 문 앞쪽에서 여자와 남자의 목소리가 들려왔다.

"호호호."

"하하하."

제룡은 당연히 악성과 제제라고 생각하고는 문을 활짝 열었다.

"녀석들… 어?"

"제 어르신!"

악성이 일어서며 놀란 목소리로 맞이했다.

그의 옆.

북궁운혜가 조용히 일어나는 모습이 보였다.

제룡은 입구에서 멈춰 서서 아무런 말도 하지 못했고, 백리풍은 기가 막힌 표정을 지었다.

"허!"

단소동과 함께 들어서던 북궁악은 낮은 한숨을 내쉬었다.

"네가 어찌 이곳에 있느냐."

"악 공자님 혼자서 계시기에 말벗을 해드리던 중입니다."

북궁운혜는 말을 마치고 제룡에게 먼저 인사했다.

"북궁운혜가 천마를 뵙습니다."

백리풍이 아닌 제룡한테 먼저 인사를 한다?

"크흠."

백리풍은 혼자만 들을 수 있는 신음을 흘리며 얼굴을 딱딱하게 굳혔다. 반면에 제룡은 재미난 걸 봤다는 듯이 오히려 다가가 장난스럽게 말했다.

"호호호, 손님이 있었구나. 네가 이곳에 와 있다는 말을 듣고 반가운 마음에 기별도 안 하고 왔지 뭐냐. 재미있는 얘기면 나도 끼워줘라."

사람 말은 '아' 다르고 '어' 다르다고 하잖은가.

제룡의 한마디는 어색한 상황을 자연스럽게 정리해 주었다.

악성은 활짝 웃으며 제룡의 손을 잡아끌어 자리에 앉히고는 넙죽 큰절부터 올렸다. 뒤쪽에 있던 삼마군 역시 제룡의 옆으로 앉히고는 일

일이 인사를 건넸다.

북궁운혜는 제륭과 악성의 정겨운 모습에 가만히 서 있지 못하고 북궁악의 옆으로 자리를 옮겼다.

"아버지, 저 두 분 보기 좋죠? 누가 저들을 피밖에 모르는 사파의 무인들이라고 하겠어요. 호호호."

"……."

북궁악은 걱정스러운 눈으로 자신의 딸을 바라봤다.

'무혼지주란 녀석을 옹호하는 말과 행동도 모자라, 이젠 아예 함께 있기까지? 한 번쯤 얘기를 해야겠다.'

불편한 심기와는 달리, 그의 얼굴은 여전히 자상함이 감돌았다.

제륭과 악성은 자리하지 않는 백리풍을 향해 동시에 말을 건넸다.

"이리로 오시구려."

"이리로……."

제륭과 악성은 서로 얼굴을 쳐다보고 웃었다.

"녀석이 이젠 별걸 다 따라하는구나. 호호호."

"하하하. 다 어르신께 배운 것입니다."

백리풍은 주인 된 도리로 이쯤에서 한마디를 해야 했다.

"허허허. 이곳은 정천입니다. 최고의 손님께 걸맞는 자리를 마련할까 합니다. 마 호법, 술자리를 준비하도록 일러주겠나?'

마오는 재빨리 대답을 하고는 왔던 길로 되돌아갔다.

말속에 뼈를 넣거나 말거나 제륭과 삼마군, 악성의 정겨운 대화는 전혀 구애받지 않았다.

"가만. 다른 녀석들은 어딜 간 게냐?"

악성도 궁금하긴 마찬가지였다.

별일 아니라는 듯이 가볍게 대답했다.

"저도 찾아보려던 참이었습니다."

"찾아보려던 참이라고? 이곳에서 함께 지내던 것이 아니었더냐?"

"맞습니다."

"한데?"

"잠시 자리를 비운 모양입니다."

"그래?"

"예."

"큼. 할아비 기다리는 게 뭐 그리 어렵다고 쏘다니는 게야."

"곧 돌아올 겁니다."

"그래야지."

"아! 마침 오고 있네요."

"……?"

악성의 활짝 웃는 얼굴에 제룡을 비롯한 모든 사람들의 얼굴에 의아함이 가득했다.

인기척을 느끼지 못했기 때문이다.

그러나 악성의 말을 증명이라도 하듯이 누군가가 문을 열고 들어서는 것이 아닌가?

끼이걱—

문소리에 사람들이 일제히 돌아봤다.

"위지 각주, 어서 들어와. 누가 오셨는지 봐."

악성이 반갑게 손짓했다.

위지무는 조심스럽게 들어오다 주위를 확인하고 화들짝 놀랐다.

"악… 힉!"

한 사람이 그의 눈에 가득 들어왔다.

체구는 작지만, 사파의 정점에 선 사람.

입을 벌린 채로 아무 말도 할 수 없었다.

그때, 뒤에서 누군가가 보채는 말이 들려왔다.

"위지 각주, 안 들어가고 뭐해?"

"그, 그게……."

담사우가 안으로 들어가지 않는 위지무를 떠밀었다.

"헉!"

담사우는 비명을 지르며 위지무와 함께 제륭의 앞으로 달려가 무릎을 꿇었다.

"담사우가 천마를 뵙습니다!"

존경과 두려움이 가득한 음성이었다.

백리천 등 두 부주의 표정은 펴질 기미가 보이지 않았다.

위지무와 담사우의 행동 때문이 아니었다. 조금 전에 악성이 자신들보다 먼저 담사우와 위지무의 기척을 알아챘다는 것 때문이었다.

'기이한 녀석이군.'

'아무리 백리천과 팽팽한 대결을 벌였다고 하지만, 우리보다 내공이 높을 리 없거늘. 어떻게 우리보다 저 녀석들의 기척을 빨리 알아차릴 수 있었지?

북궁악과 단소동의 생각은 단순히 눈앞에서 일어난 것을 가지고 판단한 것에 불과했다.

그러나 백리풍은 그들과 달랐다.

'뭐냐? 천이와 비무를 벌일 때 일부러 지기라도… 일부러 졌다고? 무엇을 노리고?

그의 생각이 급박하게 회전했다.

당시에 악성이 백리천을 이겼다면? 자신이 가만 두지 않았을 것이다.

어떤 식으로든 백리천이 우위에 있다는 생각을 갖게 하기 위해 또 다른 일을 준비했으리라.

만약 악성이 이러한 그의 생각을 모두 읽고서 한 행동이라면, 정녕 무서운 놈이 아닐 수 없었다.

'천이를 불러서 확인해 봐야겠다.'

생각이 거기에까지 닿자, 백리풍은 헛기침을 하며 말을 꺼냈다.

"험. 천마께서 기분이 좋으신 걸 보니 제가 다 흐뭇해집니다. 허허허. 하실 말씀은 아이들이 모두 모였을 때 함께 들었으면 하는데, 어떠십니까?"

제룡은 기분 좋은 얼굴로 고개를 끄덕였다.

"난 이 녀석과 손녀만 있으면 아무런 상관없소. 이 녀석의 실력이 부쩍 는 것 같으니, 확인도 해볼 겸 그러는 것이 좋겠소. 흐흐흐."

흥미 가득한 눈으로 악성을 돌아보며 어서 가라는 듯이 백리풍에게서 시선을 뗐다.

돌아서는 백리풍의 눈에서 한광이 나왔다가 사라졌다.

북궁악을 따라서 돌아서던 북궁운혜는 잠시 악성을 돌아봤다.

악성도 마침 그녀를 보고 있는 상태라, 서로 가벼운 목례를 나누었다.

이곳에 두 사람이 함께 있었던 이유는 거처에 아무도 없었기 때문이다.

혼자서 돌아가기 뭐했던 그녀가 사람들이 올 때까지 말벗이 되어주겠다며 앉은 것이다.

악성은 백리천에 이어 그녀와의 비무로 악성은 막혀 있던 머리 한쪽
이 확 깨어난 것만 같았다.

백리풍과 다른 자들이 모두 사라지자, 제릉이 갑자기 표정을 바꾸었
다.

"녀석아, 어찌 된 게냐, 무슨 기연이라도 만난 게냐?"

악성은 갑작스런 질문에 의아한 표정을 지었다.

"어르신, 갑자기 그게 무슨 말씀이세요?"

"저 녀석들이 오는 걸 어떻게 나보다 먼저 알았느냐는 말이다."

위지무와 담사우는 제릉이 자신들을 가리키자, 무슨 말인지 모르겠
다는 눈으로 악성을 쳐다봤다.

"아! 하하하."

"엥? 안 보는 사이 장난도 늘고, 제법이구나."

악성은 제릉의 장난기 가득한 목소리에 화들짝 놀란 모습을 보이며
소소마군을 찾았다.

"소소 어르신, 왜 가만히 계세요."

"소소를 왜 찾느냐?"

제릉이 소소마군을 돌아봤다.

소소마군은 느닷없는 말에 어리둥절한 표정을 지었다.

"그게 무슨 말인가, 악 공자? 내가 무슨… 주군, 저는 아무것도 모릅
니다."

악성이 웃으며 대답했다.

"무혼이요. 저들을 보호하라고 지시했으니, 당연히 돌아오는 걸 누

구보다 먼저 알지요."

그제야 제룡과 소소마군이 고개를 끄덕이며 크게 웃었다. 특히 소소마군은 자랑스럽다는 듯이 악성을 바라보며 웃었다.

"하하하. 주군, 이제 완전히 하나가 된 모양입니다. 대견하시겠습니다."

제룡은 씁쓸한 표정으로 돌아서던 백리풍의 얼굴을 떠올리며 괜히 기분이 좋아졌다.

"암! 대견하고말고. 난 이 녀석을 처음 볼 때부터 대견했다니까. 흐흐흐!"

"어르신께선 여전하시네요. 하하하!"

악성이 머리를 긁적이자, 모두들 일제히 크게 소리 내 웃었다.

눈치 빠른 위지무와 조금 느린 담사우도 사연을 모른 채 웃는 것에 동참했다.

"하, 하하……."

"위지 각주, 왜 웃어야 하는 거야?"

"저도 몰라요. 그냥 웃으면 될 것 같아서… 하하하……."

"하하… 하하하……."

두 사람의 어색한 웃음에 한동안 악성의 처소는 완전히 웃음바다가 되고 말았다.

"푸하하!"

"우헤헤헤!"

*　　　*　　　*

정천에서 이백여 리 떨어진 곳.

무적퇴(無敵腿) 서융은 암황무적군단과의 싸움에서 항상 정천의 선봉에 나서서 최선을 다해 싸웠다.

그러나 그에게 돌아온 것은 사문으로 돌아가라는 권고였다.

발걸음이 무거웠다.

이번 결정으로 백리풍한테 정말 큰 실망을 했다.

그는 올해 서른 살이 되는 소림사 속가제자였다.

백리풍과 만날 요량으로 며칠 동안 기를 쓰고 청했으나, 볼 수가 없었다. 서융은 새롭게 합류한 천검부와 무적암살부의 고수들에 비하면 이름 석 자도 밝히기 어려운 실력이었다.

'그래도 이건 아니잖은가!'

그의 곁에는 서융이 당한 얘기에 광분한 정파명문 중 두 곳의 자제가 함께하고 있었다.

앞으로 정파명문들의 출입을 규제하겠다는, 사실상 정파명문들과의 관계를 끊겠다는 암시 섞인 통제가 시작됐다.

'정천이 이상하게 뒤틀려 버렸어.'

그가 들어선 주루는 작지 않은 규모인데도 꽤 붐비고 있었다.

대부분의 손님들이 간소한 음식으로 배를 채우고 있었다.

들어서면서 자연히 주루 최고의 자리는 비워졌다.

정파명문의 두 자제는 술이 나오자마자 벌컥벌컥 마셨다.

"도대체가 이해할 수가 없어!"

탁자를 술병으로 두들겼다.

다른 명문가의 자제가 그를 말렸다.

"그들이 더 이상 우리가 필요치 않는다는데 어쩌겠소. 큭. 다른

지역의 분타들이 사라지는 데도 가만히 있는 걸 보면 알조가 아니
오.”

“그게 말이 되냐는 말이오. 언제고 우리를 함부로 대한 대가를 받게
해줄 것이오.”

술잔을 주거니 받거니 하며 화를 내는 그들보다 더욱 화가 나는 사
람은 서융이었다. 두 사람의 말을 계속 듣고 있다가는 상을 엎어버릴
것 같았다.

“후후후. 백리 천주께선 너무도 대단한 분이라, 우리 따위는 무시해
도 된다고 생각하는 모양이오.”

“오! 말 잘했소. 아주 대… 단한 분이시죠. 킥킥킥!”

“큭큭큭!”

정파명문의 두 자제는 서로를 쳐다보며 비아냥거리는 웃음을 터뜨
렸다.

더 이상 동조해 봐야 서융만 답답해질 뿐이었다.

식사를 하려 고개를 숙이려는 순간, 옆자리에서 여자의 비음이 들려
왔다.

“아항……”

‘이렇게 사람이 많은 곳에서 누가……’

두 남녀가 서로의 눈 속에 빠지기라도 할 것처럼 뚫어지게 응시하고
있었다.

“아앙… 그이가, 우리가 옆길로 샌 걸 알면 오빠를 가만두지 않을
텐데 어쩔 거예요?”

흑발에 준미한 얼굴의 청년이 낮게 웃으며 대답했다.

“괜찮아. 그래 봐야 찾지도 못해. 후후후.”

어디를 건드렸는지 여인이 움찔거리며 고개를 세웠다.

"흑! 어, 어서 올라가요. 예?"

청년은 열락 가득한 눈으로 매달리는 여인을 보며 입꼬리를 비틀었다.

서융이 보기엔 청년은 여인을 귀찮아하는 듯 보였다. 이해할 수 없었다. 여인은 단아한 외양을 갖추진 않았으나, 미모는 흔히 볼 수 없을 정도였다.

'수완이 좋은 놈이군.'

서융의 생각을 들은 것처럼 곁에 있던 둘 중 한 명이 무심결에 한마디 던졌다.

"쳇! 여자가 아주 죽고 못 사네, 못 살아."

여인은 흑발청년, 반경인의 한 팔에 안기다시피 한 채로 볼이 발그레해져 있었다.

가끔씩 움찔거리는 행동이 도에 지나칠 정도로 과해 보였다.

서융 일행의 시선을 의식했는지, 둘은 식사도 끝마치기 전에 자리에서 일어났다.

"오……!"

"이야!"

홍의를 입은 그녀의 가슴과 엉덩이는 이미 터질 듯이 부풀어 오른 상태였다.

정파명문의 자제들이라는 둘의 얼굴에 색념이 가득했다.

소림의 속가제자인 서융조차 하체에 묵직한 느낌이 일 정도니, 그녀의 육감적인 몸이 어느 정도인지 말할 것도 없었다.

그녀는 한 때 호북에서 꽤나 미인으로 소문난 여인이었다.

비록 첩이긴 해도 집안이 괜찮은 자리라, 먹고사는 데에는 아무런 걱정이 없었다.

그러나 사는 것이 어디 돈으로만 해결 되겠는가.

남편이 남자다운 패기만 넘치는 육순을 넘긴 무인이라, 밤마다 독수공방은 예사였다. 당연히 힘겹게 하루하루를 보내는 그녀에게 반경인의 힘찬 눈짓 한 번은 환상 그 자체였다.

그녀는 동행하던 남편과 부하들이 벌써 다 죽은 줄도 모르고 앞으로 펼쳐질 환상의 세계에 푹 젖어 있었다.

이런 식으로 반경인이 지난 며칠 동안 탐하고 죽인 여자 수만 해도 수십 명이 넘었다.

정천만 찾으면 백리풍을 만날 수 있는데, 적당히 즐기면서 가는 것도 나쁘지 않았다. 게다가 덤으로, 백리풍이 있는 곳까지 직접 안내해 줄 녀석까지 만났잖은가.

반경인은 서융을 묘한 눈으로 바라봤다.

일 다경이면 충분히 쫓아갈 수 있을 것 같았다.

*　　　*　　　*

서융은 어처구니가 없어 말을 잇지 못했다.

뒤따르는 자가 있다는 보고를 듣고서 눈이나 두어 번 깜빡거렸을까?

'그 흑발청년!'

분명히 그가 주루 위층으로 올라가는 것을 봤었다.

서융이 일행을 이끌고 주루를 떠난 지 일 다경은 족히 지났다.

기척도 없이 다가와 간단한 손짓으로 일행을 전부 죽여 버렸다.

"다, 당신… 지금 무슨 짓을……."

서융은 무의식적으로 목소리를 떨었다.

놀라서 하고 싶은 말도 끝내지 못했다.

반경인은 전혀 모르겠다는 뻔뻔한 표정으로 웃었다.

"내가 무슨 짓을 했다고? 이런, 난 성가신 살덩어리들을 치운 일밖에는 없는데? 큭큭큭!"

사악한 미소를 지은 채 서융에게 한 발 다가섰다.

주춤.

서융은 한 발 뒤로 물러섰다.

정파명문의 이름을 걸고 더 이상 물러설 수는 없었다.

"머, 멈춰라!"

누구나 겁을 먹으면 이성보다는 본능에 의해 움직인다. 도망쳐도 전혀 이상할 것이 없건만, 서융은 오히려 소리치며 스스로를 다잡았다.

이십대 후반에 단단한 체격과 제법 기개있는 눈빛.

기초가 잘 다져진 녀석이었다.

반경인이 대뜸 물었다.

"이름이 뭐냐?"

"다, 당신 이름부터 밝히시오."

"큭큭큭, 재미있는 녀석이군."

"감히!"

눈을 부라리는 모습까지는 그래도 좋았다.

꺼륵—

마른침이 그의 목을 넘어가는 소리가 또렷이 들렸다.

그 모습에 반경인은 크게 웃음을 터뜨렸다.

"크하하하. 이래서 즐거워. 뭐든지 내 마음대로 할 수 있는 이곳을 왜 가만히 내버려 두는지 모르겠단 말이야. 힘만이 모든 것에 우선하는 것이다. 나머지는 모두 개수작이지."

"……!"

서융의 딱딱하게 굳어가는 표정을 보며 턱을 문질렀다.

"살려주마."

"……?"

"정천이 어디 있는지 아는 것 같으니까 말이야."

서융은 자신도 모르게 고개를 저었다.

반경인의 고개도 그를 따라 저어졌다.

"왜 그렇게 질색을 하지? 정천에 별로 좋지 않은 감정을 가지고 있잖아? 나를 백리풍에게 데려가면 네 일행의 복수도 하고, 공도 세우는, 일석이조가 아닌가?"

"……."

서융은 말속에 담긴 뜻까지 생각할 여유가 없었다. 그저 반경인의 말대로 하면 이 자리를 벗어날 수 있을지도 모른다는 생각이 들었다.

당연히 전에는 하지도 않던 '백리풍이라면!' 하는 생각이, 머릿속을 강하게 휘저으며 스스로를 설득시켰다.

'백리 천주님이 당할 리는 없을 거야.'

분명히 그럴 것이다. 아닐지도 모른다는 생각은 반경인의 손에서 도망친 후에 해도 얼마든지 할 수 있었다.

*　　　*　　　*

　제룡은 시간 가는 줄 모르고 그간 있었던 일들을 말해주었다.

　삼마군은 한쪽에서 위지무와 담사우를 무릎 꿇려놓고 훈계를 내리고 있었다. 위지무야 마검각에 속해 있으니 그럴 수 있다고 하지만, 담사우는 속한 곳도 없이 덩달아 혼나고 있는 중이었다.

　삼마군의 얼굴에는 오랜만에 재미난 일을 만났다는 즐거움이 가득했다.

　"삼마군이 신이 났군. 호호호."

　한동안 시간 가는 줄 모르고 얘기하던 제룡이 고개를 들어 주위를 돌아봤다.

　"그런 그렇고. 제가 너무 늦는구나."

　"…예."

　"참, 그 여아는 누구냐."

　"예?"

　"호호호. 제가 있는 곳에서 바람을 피웠을 리는 없을 테고, 특별히 걱정할 일은 없는 게지?"

　악성은 자신도 모르게 '훗' 하고 웃음을 터뜨렸다.

　"아까 표정이 좀 냉막하게 보였던 분의 여식입니다. 천검부라는 곳 주인의 딸입니다."

　"천검부?"

　"예."

　"그럼 나머지 한 쪽은 무적암살부의 부주겠구나."

"어르신께선 이미 알고 계셨습니까?"

"잉? 천하의 모든 정보가 내 손에 있다 해도 과언이 아니거늘. 좋다, 내 정보력이 어느 정도인지 보여주마. 담 전주, 이리 와라."

담사우는 일어서다 휘청거렸으나, 또다시 앉게 될까 봐 부리나케 뛰어왔다.

"부르셨습니까?"

"이 녀석에게 암황무적군단의 정보력이 어느 정도인지 설명해 주어라."

"예."

담사우는 어리둥절한 얼굴로 곧장 설명을 시작했다.

"암황무적군단의 정보 기관은 외부에 알려진 것만 세 곳입니다. 그중 가장 큰 곳은 사망적혈전입니다."

"가만. 거긴 담 전주의……."

"맞습니다."

담사우가 아무렇지도 않은 얼굴로 되묻자 오히려 질문한 악성이 머쓱해졌다.

"그런 곳의 주인이 왜……."

악성은 왜 자신을 주군으로 모시는지 묻고 싶었다. 그러나 담사우가 말을 가로챘다.

"현 천하를 양분하고 있는 암황무적군단과 정천의 정보력은 반으로 나뉘어 있습니다. 강북과 강남이 그것인데, 두 곳 모두 정보를 다루는 곳은 건드리지 않지요."

'무슨 말이지?'

"암황무적군단도 정천의 정보 기관은 모른 척하고, 정천 역시 마찬가지로 모른 척하기 때문입니다."

"아아……."

"서로 알 테면 알아봐라, 하는 식의 자신감의 표현이기도 합니다. 지금까지는 당연히 제가 속한… 윽!"

담사우는 진지한 표정으로 자신의 자랑을 하려다, 제룡이 튕긴 손가락에 맞고서 머리를 감싸 쥐었다.

"정보력에 대해서만 말해. 뭔 설명을 그리 길게 해. 그만둬. 내가 간단히 말해주마."

제룡은 혀를 차며 담사우의 말을 이어주었다.

"사망적혈단은 지금까지 아무도 이루지 못한 거대한 인맥을 형성해 놓았다. 물론 모두 내 덕택이긴 하지만. 이건 담 전주의 부친도 인정한 부분이니 의심하지 마라. 흐흐흐."

"……."

악성은 토를 달았다가는 또 무슨 장난을 칠지 몰라 가만히 있었다.

"아마도 앞으로는 정천의 정보 기관인 적룡전과 저 녀석이 맡고 있는 사망적혈단, 그리고 새롭게 뿌리를 내리고 있는 몇 개만이 살아남을 게다. 정천은 언제가 될지 모르지만, 암황무적군단은 곧 사라질 테니까."

"예?"

악성이 깜짝 놀라 되물었다.

담사우도 아픈 머리를 매만지던 손을 놓았고, 위지무도 고개를 치켜들고 쳐다봤다.

"아, 아니, 암황무적군단이 사라지다니요? 그곳에 무슨 일이라도 있으셨던 겁니까?"

악성은 생각하기도 싫은 상상을 하며 소리쳤다.

그 모습에 제룡은 눈을 가늘게 뜨며 고개를 저었다.

"누가 죽었냐, 왜 이리 놀라?"

"암황무적군단이 사라진다고 하셨잖습니까?"

"한데?"

"예?"

"흐흐흐. 그만한 일로 놀라기는. 큼, 암황무적군단은 사라져도 사라지는 것이 아니니 걱정 말고, 내 얘기나 마저 들어. 엉뚱한 상상이나 하고는……. 쯧."

"…예."

담사우가 대신 대답을 했다.

"정천의 인원이 크게 준 이유를 알 것 같습니다."

"흐흐흐. 돌아봤느냐?"

"예. 어느 곳이나, 정문을 지키는 위사들의 입이 가장 가볍습니다. 빈 건물에 대한 얘기를 나눌 때 슬쩍 들었습니다. 아마도… 암황무적군단과 똑같은 절차를 이곳도 시작한 것 같습니다. 정확히는 사망적혈전의 보고를 받아봐야 알겠지만, 대충은 윤곽이 잡힙니다."

"네가 말한 그대로다."

"……."

악성은 제룡과 담사우의 대화를 알아듣지 못했다. 그렇다고 굳이 알고 싶은 생각도 들지 않았다. 단지, 모르고 있었던 담사우의 새로운 모습을 그동안 알아보지 못한 것이 미안할 뿐이었다.

"담 전주가 하는 일이 그처럼 대단할 줄은 몰랐습니다."

제룡은 가당치도 않다는 듯이 인상을 썼다.

"말조심해라. 제, 그 녀석이 들으면 또 난리친다. 흐흐흐. 참, 그러고 보니 너무 늦네……."

"그러게요."

제제는 아직까지 소식이 없었다.

*　　　*　　　*

붉은 얼굴에 핏발이 선연히 드러난 두 사람.

추경과 패륵이 악성의 손에서 구해간 주광빈 부자였다.

주광빈은 아들을 바라보며 흡족한 표정을 지었다.

주벽진이 정천의 무인 이십여 명을 눈 깜짝할 사이에 해치운 것이다.

스슷—

둘은 붉은 얼굴을 하얗게 만들고는 사도마련의 주인으로 행세할 때의 모습으로 돌아왔다.

누구도 이들의 하얀 피부 속에 혈신체가 감춰져 있으리라고는 상상치도 못할 것이다.

"푸하하. 세상을 다 얻은 표정이구나."

"누구라도 자신있습니다."

주벽진의 얼굴엔 자신감이 철철 넘쳐흘렀다.

그가 혈신체로 화해서 펼치는 섬전마도는 가르친 주광빈도 이젠 감당하기 어려울 정도의 위력을 지니고 있었다.

"혈왕의 힘을 전해 받는 건 정말 탁월한 선택이었다."

"예. 반경인이란 자가 어떤 자인지는 몰라도 굳이 살려주고 싶은 생각이 들지는 않습니다."

"크하하. 역시 내 아들이다. 나 역시 지난 몇 달간에 얻은 힘을 사용해 보고 싶어 죽을 지경이다."

두 사람은 적무극의 얼굴은 보지도 못했다.

그들에게 있어 혈왕은 탁휘룡이기 때문이다.

정천 근처에서 반경인을 기다리다 나타나는 대로 백리풍한테 안내하고 돌아오라는 명령이었다.

무한에서 이 정도의 일을 벌였으니 곧 정천에서 찾아오리라.

탁휘룡은 반경인이 누구라는 사실을 알려주지 않았다.

두 부자가 그의 손에 죽든 말든 그가 원하는 결과야 어차피 이루어질 테니까.

철완은 데려온 무인이 가리키는 곳을 쳐다봤다.

두 명이 눈에 보였다.

"저들이냐?"

"예, 계속해서 혈영들과 싸움이 일어났던 곳만 돌고 있습니다. 마치 누군가를 기다리는……."

"켈!"

철완은 대뜸 둘을 향해 날아가며 소리쳤다.

"네놈들은 누군데 이곳에서 얼쩡거리느냐."

둘 중 한 팔이 없는 사내가 철완을 쳐다보며 멀쩡하게 웃었다.

마치 이제야 왔느냐는 듯한 웃음이었다.

"켈. 좋구나."

철완은 그 표정만으로 이곳까지 온 것에 대해 만족했다. 자신을 빤히 보면서 웃을 정도의 담력이라면, 적어도 쉽게 죽지는 않을 것이기 때문이다.

내려서기도 전에 그의 손에서 구유탈백이 펼쳐졌다.

일단은 움직이지 못하게 해놓아야 한다. 혈영들을 통해 웬만한 공격으로는 죽지 않는다는 걸 알기에 다음 공격을 펼치기 전까지 묶어둘 필요가 있었다.

츠츠츠릇—!

철완의 공격을 바라보는 둘은 추경이 사도마련에서 데려갔던 주광빈 부자였다.

두 부자의 얼굴은 삽시간에 붉어지며 혈신체로 화했다.

철완은 냉소했다.

"혈신체 따위로 벗어날 수는 없다. 켈켈켈."

"그럴까?"

주광빈은 한 팔로 도를 휘두르며 자신만만한 표정을 지었다.

쿠쾅—!

"헛!"

다음 공격을 준비하던 철완은 묵직한 손맛에 깜짝 놀랐다.

혈영전사가 아니었다.

'탁 뭐시기란 놈보다는 약하지만, 혈영전사 따위가 낼 수 있는 힘이 아니다. 저런 물건이 또 어디서 나온 거야.'

주광빈은 철완의 양손과 부딪치고 나자, 손이 떨렸다.

진동 때문에 자칫 유형화 된 기운이 풀릴 뻔했다.

주벽진을 돌아봤다.

"합공한다."

"……!"

주벽진은 깜짝 놀라 철완을 돌아봤다.

볼품없는 일개 노인에 불과한 자를 상대로 합공한다면, 혈신체가 된 보람이 없잖은가?

그러나 그의 생각일 뿐이었다.

"구유대제다."

"구유대제?"

"그래. 반경인이란 놈이 올 때까지 버티기도 힘들게 됐다. 준비해라."

"예!"

*　　　　*　　　　*

반경인은 서융을 통해 정천에 대한 정보를 들었다.

인원이 무려 천 명 가까이 된다는 말에 짜증이 났다. 물론 서융이 겁을 주기 위해 꾸며낸 얘기였다. 그러나 반경인의 입장에서는 고려하지 않을 수 없었다.

'그 늙은이를 빨리 찾아야 하는데…….'

제릉을 만난 뒤로 백리풍이나, 구유대제에 대한 관심이 크게 줄었다. 제릉이 천마 제릉이란 사실을 모르기에 호기심이 더욱 커진 이유였다.

적무극이 숨은 이상 돌아갈 때까지 철저하게 즐겨야 했다.

아까운 시간을 미개한 놈들을 죽이는 일 따위로 소비하고 싶지 않

있다.

다행히 그에겐 그를 대신해 나머지를 처리해 줄 인형이 있었다.

서융을 그의 명령만 따르는 인형으로 만든 것은 어렵지 않은 일이었다.

현월의 기운이 머무는 음지에서만 자라는 청린사(靑鱗蛇)의 피에, 천적인 적와(赤蛙)의 뜨거운 피를 섞으면 천고의 절독이 만들어진다. 거기에 청린사의 알을 넣고 부화하기 전까지 조금씩 사람의 피를 넣는다. 그러면 부화한 청린사는 끊임없이 사람의 피를 요구하게 되는데, 현월의 기운을 지닌 사람의 명령만을 따르게 된다.

그렇게 만들어진 청린사 알을 부화하기 전의 상태로 서융의 심장에 넣었다. 청린사 새끼가 알을 까고 나오는 두 시진이면 모든 작업이 끝나는 것이다.

"후후후. 서융, 인형이 된 소감이라도 한마디 하지? 현월의 기운을 넣었으니, 너를 부술 수 있는 인간은 사형들을 제외하면 없다. 영광으로 알고 충성을 다하도록."

그의 뒤에 두둥실 떠 있는 서융은 이미 이지를 상실한 뒤였다.

알아들을 리가 없잖은가.

평범한 인간들은 서융만으로도 충분히 몰살이 가능하리라.

상상을 하는지, 반경인의 입가에 사악한 미소가 걸렸다.

그때, 그의 시선을 돌리게 만드는 냄새가 후각을 자극했다.

'응? 이 냄새는…….'

그의 고개가 한쪽으로 휙 돌아갔다.

사량겁화공의 냄새였다.

피를 태우며 공격하는… 그가 그토록 원했던 사량겁화공의 냄새가 코를 자극해 왔다.

미약하긴 해도 적무극을 찾을 수 있는 단서로 충분했다.

숫―

순간적으로 그의 신형이 사라졌다.

第八章
천마구궁연환

"**구**유대제님과 함께 나갔다고?"

북궁운혜는 깜짝 놀라 보고한 천검부의 무인을 쳐다봤다.

위지무가 악성의 명령으로 와 있는 중이었다.

그녀는 차분한 눈으로 부하에게 다른 질문을 건넸다.

"무슨 일로 구유대제께서 직접 움직이셨느냐?"

"혈왕의 무리가 아직 남아 있다는 말을 들으신 직후 움직이셨습니다."

위지무는 더 들을 것도 없다는 듯이 자리에서 일어나 밖으로 나가려 했다.

"가봐야겠습니다."

"가서 뭐라고 하시게요?"

"들은 그대로 말씀드려야지요."

상황은 없고, 모든 초점이 제제가 사라진 부분에 맞춰질 것이다. 그렇게 되면 제륭과 백리풍의 관계는 묘해질 것이나, 다른 방도가 떠오르질 않았다.

“위지 소협, 제 소저는 무사할 것입니다.”

“…….”

그녀가 하고 싶은 말을 못 알아들을 위지무가 아니었다.

“제 총령님 성격이 좀 급하시죠. 같이 계신 분이 괴로우실 겁니다.”

그의 여유있는 대답에 일단은 안심할 수 있었다.

‘구유대제께서 안 보이신 이유가 있었구나. 한데, 혈왕의 무리가 왜 아직도 호북에서…….’

그녀가 경험했던 추경이나 패륵이 상상 이상의 실력을 지니긴 했어도 백리풍이나 북궁악, 단소동과는 차이가 있었다. 더구나 뭔가를 해 보기엔 시기도 너무 늦었다.

백리풍, 북궁악, 단소동은 벌써 삼극무황의 전인을 선정하기 위해 보이지 않는 싸움이 시작된 상황이었다.

좋지 않았다.

‘물러갔다는 안이한 생각보다는 밖에다 몇 가지 장치를 하는 것이 더 중요했다.’

그녀의 생각은 여기서 멈췄다.

제제의 행방을 최대한 빨리 알아내 악성한테 전해줘야 하지 않겠는가.

신세를 갚을 기회였다.

그녀가 알고 있다면 백리풍도 이미 알고 있을 것이다.

곧장 천검부의 무인들을 불러놓고 지도를 펼쳤다.

정천에 와서 제일 먼저 만든 지도였다.

거기에는 정천을 중심으로 무한 전역의 지리가 한눈에 펼쳐져 있었다.

"아직 정찰하러 가서 돌아오지 않은 조와 그들의 구역을 알려주세요."

"백이십 번대 조 전부입니다. 여기에서… 여기까지입니다."

북궁운혜는 무인의 말을 따라 지도에 줄을 그었다.

막연하던 범위가 크게 줄었다.

무인들에게 몇 가지 지시를 내린 후, 곧바로 움직였다.

악성은 위지무의 보고를 받자마자 곧바로 제룡과 삼마군과 함께 움직였다.

정천의 본거지에서 나와 얼마 지나지 않자, 갈래 길이 나왔다.

"제 어르신, 여기서 흩어지는 것이 낫겠습니다."

"제가 위험에 처했다면, 너라고 다르지 않아."

제룡의 말이 귀에 들어오지 않았다.

"발견하는 즉시 신호를 드리겠습니다."

"고집은 그만 피우래도!"

"이러고 있을 시간이 없습니다. 그들은 아주 위험한 자들입니다."

악성의 고집스러운 눈이 제룡의 눈을 정면으로 바라봤다.

결코 양보할 수 없다는 마음이 그대로 담겨 있었다.

제룡은 어쩔 수 없다는 듯이 고개를 끄덕여 주었다.

"좋다. 그럼 소소마군과……."

소소마군을 딸려 보낼 심산이었으나, 이미 악성은 몸을 틀고 있었다.

“저는 이쪽으로 가겠습니다. 제겐 무혼이 있으니, 너무 걱정하지 마십시오.”

목소리가 벌써 저만치 앞에서 들렸다.

걱정이 앞서야 하건만, 묘한 호기심이 제릉의 눈에 떠올랐다.

여전히 평상시에는 기가 느껴지지 않았다. 그러나 막상 천마행공을 펼치자, 놀랍게도 삼마군에게도 뒤지지 않을 속도를 내는 게 아닌가.

삼마군은 악성의 황당할 정도의 성장에 모두들 혀를 내둘렀다.

“저럴 수가……..”

제릉은 너털웃음을 터뜨렸다.

“흘흘흘. 어떻게 하면 빨라지는지 그 원리를 아는데 느릴 수가 없지.”

“예?”

“아, 그런 게 있어.”

“…….”

“순서를 알아야 펼칠 수 있는 무공도 있지만, 그런 거 다 무시하고 펼치는 무공도 있는 법이야. 흐흐흐.”

삼마군은 더 더욱 모를 소리라는 듯이 뚱한 표정을 지었다.

제릉은 그냥 가기 뭐했는지, 한마디 덧붙였다.

“나도 처음에는 긴가민가했어. 이젠 확실해졌지만.”

“예?”

‘녀석은 일위강의 원리를 아는 거야. 어떻게 깨우쳤는지는 나도 알고 싶다고. 흐흐흐.’

말은 하지 못하고 혼자서 기분 좋은 웃음을 지었다.

그 동안이라도 제제가 어찌 됐을지에 대한 걱정을 덜었다.

“……?”

삼마군은 서로 눈을 마주보며 모른 척하기로 했다, 이 상황에서 한 마디라도 했다가는 아주 곤란한 경험을 하게 될 것이기에.

*　　　*　　　*

제제는 천마수를 뻗느라 정신이 하나도 없었다.

주광빈 부자가 조금만 멀어졌다 싶으면 곧바로 천마사우탄을, 가까이 다가오면 천마십이식을 빠르게 펼쳐 거리를 벌렸다.

천마수의 위력은 주벽진을 당황하게 만들 정도는 되지만, 그 이상은 힘들었다. 그는 이미 제제가 경험한 혈영전사의 수준을 훨씬 뛰어넘은 상태였다.

‘퍽’ 하는 소리와 함께 그녀의 갈비뼈에 묵직한 통증이 전해졌다.

“헉! 이익!”

그녀는 몸을 비틀어 주벽진의 광대뼈 부근을 천마수로 긁었다.

슈왁―

“이런 미친……!”

주벽진의 당황한 음성은 그녀가 재차 공격할 틈을 만들어주었다. ‘아차’ 하는 그의 생각은 그녀의 천마사우탄을 받아낸 뒤에 해야 했다.

쿠콰―!

그는 ‘빙글’ 도를 돌리며 제제를 향해 턱짓을 했다.

“반반한 얼굴과는 아주 딴판이구나!”

“아가리 닥쳐!”

"뭐, 뭐라고!"

"생긴 것도 뭣같이 생긴 게, 구린내까지 풍기고 지랄이야!"

주벽진은 자존심을 건드리는 말에 이를 악물었다.

"죽. 인. 다."

"입 벌리지 말랬지!"

천마사우탄이 그녀의 양손에서 또다시 터져 나왔다.

끄그그극—

"……?"

귀를 자극하는 음향이 땅에서 들렸다.

제제는 천마사우탄을 펼치고 나서 곧바로 허공으로 도약했다.

푸— 학—!

"헉!"

제제는 땅에서 튀어나온 괴물을 향해 팔을 십자로 교차하여 힘껏 막았다. 괴물은 주벽진이 땅속으로 밀어넣은 기운이 터지면서 일어난 현상이었다.

막아낸 탄력을 이용해 그녀의 신형이 끝없이 위로 올라갔다.

'천마사우탄을 연거푸 막고서도 이런 위력이라니… 오!'

허공에 뜬 그녀의 눈에 빠르게 움직이는 백색 인영이 보였다.

철완이었다.

그녀는 다음 공격을 염두에 두지 않아도 된다는 생각에 몸을 뒤로 젖히며 몰아붙이는 주벽진의 힘을 밀어냈다.

철완이 다가가는 것도 모르고 주벽진은 속으로 쾌재를 불렀다.

'그렇지!'

도에 진기를 주입하자, 선연한 붉은 빛이 도신을 감쌌다.

제제를 향해 이젠 뿌리기만 하면 끝이었다.

막 도를 내려칠 순간,

"켈켈켈."

"헉!"

바로 앞에서 철완의 얼굴이 불쑥 나타났다.

"구, 구유대제?"

그의 시선이 재빨리 옆으로 돌려졌다.

바닥에 쓰러져 있는 주광빈이 보였다.

철완과 같은 고수한테 거리를 주고서 시선을 돌린다?

너무 무모한 행동이었다.

철완의 손이 순식간에 그의 몸 이곳저곳을 건드렸다.

"구유탈백에 당했으니 몸속이 터져 나갔을 게다. 켈켈."

전에는 혈영들에 대한 정보가 없어서 곤란했을 뿐이었다.

주벽진이 주광빈의 피를 흡수하지 못하게 퇴로까지 막아섰다.

"성가시게 굴지 말고, 그만 가라."

"으……."

주벽진이 뭐라고 대답할 틈도 주지 않고, 그의 심장과 머리를 동시
에 가격했다.

푸학— 빠각—!

털썩.

그제야 철완은 제제를 향해 돌아섰다.

"휘유… 둘을 상대하느라 힘이 다 빠진 모양이다. 켈, 뭘 그렇게 놀
란 눈으로 보느냐? 네가 몰라서 그렇지 나는 엄청 강하니라. 켈켈케…
엘?"

“피해요!”

제제가 갑자기 철완의 뒤를 가리키며 하얗게 탈색된 얼굴로 비명을
질렀다.

“……!”

철완은 재빨리 뒤로 돌았다.

스팟―

“……!”

제제는 입을 크게 벌리고 철완을 쳐다봤다.

철완은 자신의 옆구리를 쳐다봤다.

옷자락이 베어졌다.

혈광을 번뜩이며 도를 들고 있는 자는 주광빈이었다.

철완의 옆구리를 벤 것이 마음에 들지 않는 듯 눈을 부라렸다.

“다시 한 번 해봐야지, 구유대제? 크흐흐.”

주벽진을 상대하느라, 이미 죽었다고 여긴 주광빈에 대해서는 전혀
신경도 쓰지 않았다.

‘살아나다니, 완벽하게 죽었다고 여겼거늘. 그럼 저놈도 살아나겠
군.’

쓰러진 주벽진을 돌아봤다.

일어나지 않았으면 했지만, 주광빈이란 선례가 있잖은가.

역시 주벽진도 그의 기대를 저버리지 않았다.

뚜둑―

완전히 꺾였던 고개가 제자리를 찾으며 일어서고 있었다.

“켈. 너희들을 보니, 오십 년 전에 내가 정말로 천하를 오시할 실력
을 지녔었는지 의심이 다 들 지경이다.”

드드드등—

주광빈 부자를 바라보는 철완의 눈은 살기로 뒤덮였다.

그는 겪어봤음에도 또 당했다는 사실에 화가 났다. 며칠이나 지났다고 이런 인간들이 또 나타나는가 말이다.

탁휘룡의 강기 다발을 받았을 때만큼이나 질리고 있었다.

"물러서 있어라."

제제를 향한 말이었다.

제제 역시도 사태가 심상치 않다는 걸 본능적으로 느끼고 뒤로 물러서고 있었다.

땅이 흔들릴 정도로 무지막지한 내공을 쏟아 부으면서도 얼굴색 하나 변하지 않는 철완이나, 태연하게 도를 들고서 마주하는 주광빈 부자의 모습이 인간같이 보이지 않았다.

'악성…….'

생각나는 사람이라고는 오로지 악성뿐이었다.

마른침이 절로 삼켜졌다. 아직 저들은 부딪치지도 않았는데 그 기운만으로 한 걸음 더 밀려났다.

그때, 제제의 귀로 한 사람의 목소리가 들렸다.

"아가씨, 여기는 위험하니 한쪽으로 피하세요."

"……!"

제제는 화들짝 놀라서 뒤를 돌아봤다.

흑발의 미남, 반경인이 웃으며 그녀를 바라보고 있었다.

위아래를 훑는 그의 시선이 느껴지자, 불쾌한 간지러움이 몸에서 일어나는 것 같았다.

"누구냐, 너… 읍!"

그의 뒤로 쓰러져 있는 정천의 무인들이 보였다.

제제는 재빨리 이혈대법을 시전해 마혈의 위치를 바꾸었다.

"쉿. 떠들면 저들이 싸우는 걸 볼 수가 없잖아요. 후후후."

"……."

"사량겁화공을 저따위로 만들다니. 막내 사제, 실망이야. 저 늙은이
는 제법 놀아볼 만하겠는걸? 당신은 싸움이 끝난 후에 풀어주도록 하
지요."

'뭐야, 싸움을 지켜보고 나서도 저런 말이 나온다고? 가만. 싸움이
끝난 후……!'

제제는 이상함을 느끼고 재빨리 몸을 움직여 봤다.

몸이 꼼짝도 하지 않았다.

이혈대법을 시전하기도 전에 제압당한 모양이었다.

그때, 반경인의 입에서 묘한 중얼거림이 흘러나왔다.

"혈을 짚은 게 아니니, 몰랐을 거요. 그나저나 사량겁화공은 역시나
매력이군. 제대로 된 사량겁화공을 봤으면 더욱 좋았겠지만, 그거야
나중에라도 기회가 있겠지."

때마침 철완과 주광빈 부자의 충돌이 있었다.

쿠콰콰콰―!

충돌에 의한 여파가 '훅' 하고 제제의 머리카락을 날리게 만들었다.
반경인은 흩날리는 머리카락을 쓸어 넘겨주며 그녀의 귓가에 대고 나
직이 속삭였다.

"찡그린 모습이 너무 아름답네요. 후후후."

제제는 아미를 찡그리며 대꾸했다.

"난… 토할 것 같으니까, 입 좀 닥쳐 줄래?"

"뭐? 크하하하!"

반경인은 어이가 없었다.

이런 상황에서 쉽게 할 수 없는 말이기 때문이었다.

제제는 오히려 이상함을 느끼고 있었다.

철완이 아무리 싸움에 집중하고 있다고 해도 이 정도의 웃음소리를 못 들었다는 걸 믿을 수가 없었다.

"저 노인이 왜 돌아보지 않느냐고? 내가 음파를 차단했으니, 들을 수가 없지. 시끄러우면 싸우는 데 방해되잖아. 큭, 크크큭."

제제의 눈동자가 싸늘하게 내리 깔렸다.

"근데… 너, 왜 계속 반말이야!"

역시나 재미있는 반응이 나왔다.

지금까지 즐기고 나서 죽인 여자들에게서는 보지 못한 모습이었다. 그러나 흥미는 흥미일 뿐, 예외란 있을 수 없었다. 그를 무시할 수 있는 여자란 존재하지 않으니까.

"큭. 네가 지금 어떤 상태인지를 모르는군. 주제를 알면 그런 소린 못할 텐데 말이야. 아무튼, 저들도 대충 힘을 뺀 것 같으니, 정리를 하고 나서 보자. 인형, 이 계집을 잘 지켜라. 아주 거친 걸 좋아하는 게 딱 내 취향이거든. 후후후."

"……!"

슛—

그의 말이 끝나기도 전에 제제의 곁으로 귀신이 나타났다.

이지가 상실된 서융의 눈은 정말로 귀신을 방불케 했다.

"이, 이건 뭐야!"

"어때, 내가 만든 인형이 맘에 드냐? 이곳에 오기 전에 잠깐 만들어

봤지. 후후후.”

말을 마친 반경인은 웃으며 자신의 앞마당이라도 걷는 것처럼 철완과 두 부자에게 다가갔다.

“구유음양수라… 예전에 한 번 들어본 것 같군. 한데, 아홉 개의 목숨을 아직 하나로 합치지 못한 모양이지? 쯧쯧쯧. 그래서야 어디 내 반초식이라도 받겠어?”

철완은 반경인의 자유로운 걸음걸이를 보며 전율을 일으켰다.

“…누구냐.”

반경인은 여전히 웃고 있었다.

“현월의 기운을 가진 사람이자, 마마천황의 맥을 이은 사람 중 하나. 뭐, 그 정도만 알아두라고. 후후후.”

말이 끝나기 무섭게 그의 양손에서 빛이 흘러나왔다.

대개 강기라면 모여져 강한 빛을 내기 마련인데, 그는 열 손가락 끝에서 빛이 났다. 그것도 딱 손가락 한 마디의 크기에 불과한 빛이었다.

그의 시선이 주광빈 부자를 향했다.

“너희들의 죄는 감히 불완전한 사량겁화공 따위로 나를 유인한 것이다.”

퍽—!

“……!”

철완은 자신의 눈으로 본 광경을 믿을 수 없었다.

소리가 들리고 나서야 빛이 보였다. 주광빈 부자의 몸에 난 상처란…….

모두 다섯 개씩의 구멍이 몸에 났다.

열 개의 빛을 똑같은 속도로 뿌려낸 것이다.

“나도 들은 적이 있다. 지력이기도 하고, 장력이기도 하며, 검이기도 하고, 도이기도 한 수법. 마마반천수! 네가 혈왕이더냐?”

“혈왕? 후후후. 그런 건 모르고, 진짜 구유음양수라면 마마반천수와 겨뤄볼 만하다고 생각지 않나?”

뒤에서 반경인의 무지막지한 강함에 놀라던 제제는 의아한 표정으로 철완을 쳐다봤다.

‘진짜 구유음양수? 그럼, 지금까지는 가짜였다는 거야?’

철완은 대답을 하지 않고서 양손을 풀었다.

“정(正)이 반(反)으로 돌아가면, 세상은 음과 양이 바뀌어 암흑이 빛이 되는 세상이 오게 되지. 오너라. 마마반천수를 고스란히 땅속으로 묻어줄 테니까.”

철완의 눈이 검게 죽어들어 갔다.

이번 공격이 끝나면 그의 목숨은 다섯으로 줄어들 것이다.

아직 제자도 두지 못한 상태에서 죽기에는 억울했다.

‘내가 저자를 이길 확률은 반의 반도 안 된다. 아홉 개는 바라지도 않지만, 세 개를 하나로 사용할 수만 있어도…….’

여태껏 그가 사용했던 구유탈백이나, 구유풍운악 등은 모두 구유음양수에서 나름대로 발전시킨 곁가지일 뿐이다. 원래의 구유음양수는 초식이란 말 자체가 없었다.

반경인의 손으로 또다시 빛이 모여들었다.

철완의 흰자위가 검게 변했다.

‘온다.’

소리도 없고, 색깔도 없는 무시무시한 공격.

철완은 피부에서 느껴지는 미세한 흐름을 타고 옆으로 비켜서며 연

속으로 반월을 그리며 앞으로 전진해 왔다. 그 속도가 제제의 눈으로
는 도저히 쫓을 수 없는 빠름이었다.

"그래요, 계속 그렇게 밀고 나가요!"

제제는 저 정도의 공격이라면 반경인도 어쩔 수 없을 거라고 생각하
고 몸을 움직였다.

틱—

'어?'

땅에 묶여 있는 것 같던 몸 한쪽이 자유로워졌다.

잠시 한눈을 판 사이.

퍽—!

고개를 들었다.

"구유대제님!"

아직도 아지랑이가 피어오르는 그의 몸이 그대로 고꾸라졌다.

제제는 반경인을 돌아봤다.

퍼버벅—!

"……."

반경인의 몸 이곳저곳에 손바닥이 찍히며 소리를 냈다.

그러나 그는 안색하나 변하지 않았다.

"…제법이군. *끄음……*."

전혀 다치지 않은 것은 아닌 모양이었다.

그때, 그의 시선이 허공으로 들려졌다.

"귀찮… 응? 저 노인은……."

제제는 반경인의 시선을 따라 허공을 쳐다봤다. 그러나 그녀의 눈에
는 아무것도 보이지 않았다.

“인형, 저 계집을 데리고 동굴로 가라.”

“놔! 건들지 마! 그가 오면 너희들은 다 죽을 줄 알아!”

서융은 옴짝달싹 못하게 제제를 어깨에 걸친 후 어디론가 날아갔다.

“구유음양수… 너무 얕잡아봤군. 현월강기가 흔들릴 정도라니……. 그러나 아직 나의 즐거움은 끝나지 않았지. 후후후. 늙은이, 또 보는군.”

허공에서 제룡의 호통이 들려왔다.

“미친놈! 네놈이었구나! 이번에도 도망칠 수 있다는 생각 따위는 버려야 할 것이야. 천마섬전칠격!”

이어서 백리풍의 목소리도 들렸다.

“여기도 있다. 적룡아… 적룡비행!”

두 사람의 공격이 반경인의 위로 작렬했다.

“좋아. 아주 마음에 들어. 크핫! 현월강기!”

꾸르르릉—

“……!”

악성은 갑작스런 폭음에 고개를 돌렸다.

먼지구름이 피어오르는 것이 보였다.

“이런!”

무혼도 그제야 발견했는지, 악성이 가려는 쪽으로 급히 이동하는 것이 느껴졌다. 그러나 그것도 잠시, 갑자기 방향을 틀어 어디론가 움직이는 것이 아닌가.

‘무혼?’

일단은 폭음이 들린 곳으로 가는 우선이었다.

폭음이 들린 곳까지 전력을 다해서 날아왔으나, 이미 싸움은 끝난 후였다.

바닥에는 천검부의 무인들과 붉은 옷에 하얀 얼굴을 한 두 사람이 죽어 있었다. 그들의 얼굴을 기억하고 있었다.

"섬전마도!"

그때, 뒤쪽에서 악성을 부르는 여인의 목소리가 들렸다.

"악 공자님."

북궁운혜의 목소리였다.

슷—

위에서는 전혀 보이지 않던 그녀의 모습이 보였다.

진을 설치하고 있었던 모양이다.

"아, 북궁 소저. 헛!"

그녀는 죽은 듯이 누워 있는 철완의 곁에 있었다.

"저도 늦게 도착해서 떠나시는 모습만 봤어요."

"예에. 한데 이들이 왜 여기에……."

"아는 사람들이세요?"

"사도마련에서 봤던 사람들입니다."

"사도마련… 아! 악 공자님을 처음 뵈었던?"

"맞습니다. 혈왕의 호법이 데려갔던 사람들입니다."

"예? 그럼 더 더욱 믿을 수가 없네요."

"뭐가 말이죠?"

"이들의 상처를 보세요."

그녀는 주광빈 부자의 상처를 보여주었다.

전신에 각각 다섯 개씩의 구멍이 나 있는 것 외에는 별다른 상처가 없었다.

"이들은 죽었어요."

"……?"

죽었다는 건 악성도 알고 있었다.

"단 한 번의 공격으로 이런 상태가 된 거예요. 혈신체였던 자들이 말이죠."

"……!"

악성은 깜짝 놀랐다. 그제야 그녀가 하고자 한 말의 뜻을 알 것 같았다.

"백리 천주님께서 구유대제님을 섣불리 치료하지 말라고 하셔서서 보고만 있어요."

"백리 천주께서요? 상처는 빨리 치료해야 하지 않나요?"

"이유가 있으시겠죠. 아무튼, 천마께서 백리 천주님과 함께 그를 쫓아가셨으니 기다려보세요."

"그? 한 사람이란 말입니까?"

"예."

"……!"

"주위를 둘러보세요. 아마도 그가 두 분을 상대로 싸운 것 같더군요. 무시무시한 고수예요."

"……."

악성은 눈을 차갑게 가라앉혔다.

기슴이 마구 쿵쾅거렸다.

"아무리 무시무시한 자라 해도… 제 어르신과 제에게 위해를 가했다면 대가를 치러야 할 것입니다.”

“……!”

북궁운혜는 섬뜩함을 느꼈다.

정말로 그렇게 될 것 같은 생각이 드는 건 무슨 조화인지…….

“두 분이 함께 가셨으니 괜찮을…….”

악성은 고개를 저었다.

“제가 있는 곳을 알 것 같습니다.”

‘제 소저의 행방을? 어떻게…….’

그녀가 듣기에는 악성과 제제가 서로의 생각만으로도 통하는 무엇인가가 있다는 말로 들렸다.

낮은 한숨이 그녀의 입에서 흘러나왔다.

“하아… 그런 가요?”

제제를 향한 악성의 마음을 어느 정도는 짐작하고 있었으나, 실제로 알게 되자 씁쓸했다.

쏴아아―

바람이 불었다.

무혼은 한 곳을 응시하며 악성을 기다리고 있었다.

건너편 동굴 입구에 덥수룩한 머리를 흩날리며 한 사내, 반경인의 인형이 된 서융이 보였다.

그는 가만히 선 채로 움직이지 않았다.

악성이 호흡을 가다듬고 말했다.

“저곳입니다.”

“……!”

“북궁 소저는 이곳에 계세요.”

“함께 가요.”

이미 등을 보이고 선 악성은 그녀의 말을 듣지 않고 있었다.

돌을 하나 주워서 던진 후, 곧바로 날아갔다.

쉭—

“……!”

석상처럼 움직임이 없던 서융의 고개가 처음으로 돌려졌다.

그는 본능적으로 발을 들어올렸다.

파슥—

악성이 날린 돌은 먼지가 되어 사라지며 그의 눈을 살짝 가렸다. 그 사이 악성의 무지막지한 주먹이 그의 얼굴을 때렸다.

빡—!

그대로 벽에 틀어박혔다.

악성은 동굴 입구에 서서 일어나지 말아야 할 일이 일어났을까 봐 하늘을 쳐다보며 호흡을 골랐다.

세상을 어둡게 만드는 시간이, 처음으로 괴물같이 느껴졌다.

안으로 들어가는 순간, 익숙한 향기가 났다.

‘아!’

다행히 늦지는 않은 것 같았다.

몇 발자국 더 움직이자, 보는 것만으로 힘이 되는 그녀가 벽에 기대어져 있었다.

“제, 내가… 좀 늦었지?”

악성은 제제를 향해 활짝 웃어주었다.

움직이지 않을 것 같던 그녀의 눈이 떠졌다.

“……!”

깜짝 놀란 눈에 눈물이 그렁했다.

그러나 이내 환한 미소를 지으며 악성한테 달려들었다.

한나절밖에 되지 않은 시간이 백 년이라도 된 것처럼 온몸으로 악성을 부둥켜안았다.

“하나도… 안 늦었어. 흑…….”

울컥!

악성은 속에서 미안한 감정이 치받쳐 올라왔다.

상의를 벗어 그녀의 몸을 감쌌다.

“나가자.”

그녀를 감싸고 일어섰을 때였다.

동굴 입구에 쓰러져 있어야 할 서융이 나타났다.

“저, 저…….”

제제는 손가락으로 서융을 가리키며 뭐라고 말을 하려 했다.

악성은 제제의 손을 감싸 쥐었다.

“나 지금 정말 화가 나. 왜 조금 더 일찍 너를 찾지 않았는지… 많이 반성하고 있어. 용서해 줄 거지?”

그것이 왜 악성의 잘못인가.

그래도 제제는 고개를 끄덕여 주었다.

“잠시만.”

악성과 서융의 거리는 대략 십여 보.

심장이 빠르게 뛰었다.

피가 싸한 느낌을 전해주며 오른손으로 집중됐다.

무혼검을 꺼내 들자, 손잡이에서부터 빛이 났다.

빠— 웅!

악성의 손에서 시작된 빛이 무혼검을 완전히 감싸자, 오른손을 들어올렸다.

긋거나, 찌르는 것이 아닌 단순한 들어올림이었다.

그 모습을 바라보던 서융은 주춤, 뒤로 물러섰다.

본능적으로 두려움을 느낀 까닭이었다.

무혼검을 감싼 힘은 강기였다. 아니, 그 정도의 힘이었다.

화가 날대로 나버린 악성의 의지는 그대로 서융을 향해 무혼검을 그었다.

'자른다.'

이미 자르기로 마음먹은 이상, 거리는 아무런 문제가 되지 않았다. 서융의 허리에 빛이 걸렸다.

쩔— 륵—!

상체와 하체가 분리되는 소리였다.

지켜보던 제제는 너무도 간단히 서융이 죽자, 악성을 멍한 눈으로 쳐다봤다.

그때, 바닥에서 기이한 소리가 들렸다.

악성은 제제를 안으며 한쪽으로 움직였다.

쉿, 쉬쉿—

"……?"

서융의 심장 부근에서 나는 소리였다.

무언가가 튀어나올 것처럼 꿈틀거렸다.

'저건 뭐지?

제제를 다시 벽에 기대게 하고는 가까이 다가가 서융의 옷을 찢었다.

쫙—

"……!"

심장이 있는 곳에 뭔가가 들어 있었다.

반경인이 심어놓은 청린사 새끼였다.

살기 위해 숙주의 심장에 남아 있는 피를 빨아들여 몸집을 불리려는 나름의 생존을 위한 몸부림이었다. 그러나 또 다른 숙주를 찾으면 피를 토해내고 또다시 심장에 자리를 잡으리라.

"요상한 물건이 심장을 갉아먹고 있었구나."

피를 얼마나 많이 빨렸는지, 서융의 안색이 창백하다 못해 하얗게 질린 상태가 됐다.

악성이 무혼검으로 서융의 심장을 찌르려 할 때였다.

그의 살을 뚫고 투명한 물체가 튀어나왔다.

핏—

"어딜!"

검을 비틀어 검면으로 때렸다. 그러자 청린사 새끼는 달라붙은 채로 타 들어가기 시작했다.

치이익—

악성은 기이한 현상에 자세히 볼까 하다가 녹색 연기를 보고 고개를 저었다.

그때였다.

타 들어가던 청린사 새끼의 몸이 급격히 커지더니 마치 무공고수가 동귀어진이라도 할 때처럼 몸을 터뜨렸다.

팍—

청린사 새끼의 몸이 터지면서 푸른 피가 악성의 오른 손목에까지 튀었다.

"헛!"

푸스스스—

손을 털었으나, 남아 있던 청린사 새끼의 피는 손목까지 푸른 피부로 만들고 말았다.

제제를 뒤로 물러나게 한 것은 잘한 일이었다.

손을 이리저리 움직여 봤으나, 이전과 크게 달라진 점은 느끼지 못했다.

벽에 기대어 있는 제제를 안고서 밖으로 나갔다.

이젠 제룡과 백리풍을 상대하고 있을 그를 만나볼 차례였다.

"백리 천주, 정천으로 오는 도중에 이상한 놈을 하나 만났소."

백리풍은 급한 상황에 어울리지 않는 제룡의 말에 당황해서 되물었다.

"예?"

"짐작으로는 삼황과 삼선의 맥을 이은 놈 같은데… 무쟈게 센 놈이더군요. 몇 번이나 지가 세다고 말해줬는데도 막무가내로 덤비더군요. 어쩔 수 없이 싸우게 됐소."

"무슨……."

제룡은 반경인의 얼굴을 보고 사악한 미소를 지었다.

"결론부터 말하자면. 그놈은 도망갔소."

그때였다.

반경인의 안색이 기이하게 변하며 파안대소를 터뜨렸다.

"크하하하! 늙은이, 그런 말을 하면 위로가 되나? 그 때문에 둘이서

합공한 거고? 쓸데없는 소리 늘어놓지 말고, 어서 와라. 한 명씩? 아니면 아까처럼 함께. 크크큭!"

제룡은 그의 말을 무시하고 말을 이었다.

"그 녀석은 적당히 상대할 수 없는 종자였소. 전력은 아니더라도 제법 힘을 썼소."

"……?"

듣고 있던 백리풍의 안색이 확 변했다.

제룡의 말은 더 이어졌다.

"천마섬전칠격으로 전신을 잘라 버릴 심산이었소. 그런데도 안심이 안 되더란 말이오. 그래서 손을 한 번 더 썼소. 이미 도망간 후였지만."

"……!"

"서둘러 온 이유가 바로 그 때문이오. 만약… 힘, 노부는 가급적이면 만약이란 말은 잘 쓰지 않지만 그 녀석이 삼황과 삼선의 맥 중 한 곳을 잇고 있다면 혈왕이란 놈에 이어 둘이 되는 셈이오."

백리풍은 직접 제룡과 손속을 겨룬 사람이었다.

그의 천마섬전칠격이 얼마나 대단한 위력을 지니고 있는지 잘 알고 있었다.

"한데, 그 녀석을 다시 만났지 뭐요. 내게 양보해 주시오."

"허허허. 당연한 말씀을. 저자는 운이 없는 모양이네요."

"내가 있는 곳에서 함부로 날뛰는 시시껄렁한 놈! 그런 놈을 가만히 놔둘 수야 없지 않겠소? 그것도 다 지 복이니. 흐흐흐. 자, 이젠 네가 원하는 대로 됐으니, 한 번 해볼까?"

"……!"

제룡은 마지막 쐐기를 박듯이 한마디 더했다.

"너의 사조인 삼황과 삼선의 시대에는 내가 없었지만, 만약… 쩝, 또 만약이란 말을 쓰게 되는군. 하여간. 내가 그들과 동시대에 살았다면, 그들의 이름은 지금까지 내려왔을 리 없다. 바로 나, 천마 제룡! 만이 남았을 테니까."

"……!"

백리풍의 안색이 활짝 펴졌다.

"그 한 가지는 저와 같은 생각이십니다. 허허허!"

두 사람의 눈빛이 서로 얽혔다.

제룡은 고개를 끄덕이며 장난기 가득한 웃음을 지었다.

"흐흐흐. 너는 이제 죽었다."

반경인은 기가 막힌다는 듯이 웃었다.

"크하하하! 구유대제란 늙은이도 내 손에서 이 초를 넘기지 못했다. 생각만으로 무공이 강해지는 거라면, 나는 백만 년 전에 강해졌을걸? 어디, 말과 행동이 얼마나 일치하나 볼까?"

"얼마든지 다. 시. 보여주마. 흐흐흐. 한 번 도망친 놈이 또 도망치지 못할까. 백리 천주, 퇴로를 차단해 주시오."

백리풍의 고개가 끄덕여졌다.

반경인은 비웃음 가득한 얼굴로 제룡을 쳐다봤다.

"나는 마마천황의 진전을 이었다."

"말했잖느냐, 상관없다고. 먼저 가마!"

제룡은 처음부터 전력을 다해 천마섬전칠격을 펼쳤다.

쐐— 엑!

엄청난 속도였다.

제룡의 신형이 흔들릴 때마다 무수한 강기가 생겨났다.

총 일곱 걸음.

그 안에서 펼쳐지는 공격은 가히 상상을 불허했다.

제룡은 천마신공으로 전신을 감쌌고, 폭발하는 힘을 제어하기 위해 상단전을 열었으며, 모든 힘을 양손으로 끌어당겨 내밀었다.

'훅' 하고 천마신공의 열기가 반경인을 감쌌다.

"어림없다!"

반경인의 주위로 둥근 강기막이 형성되며 제룡의 기운을 주위로 퍼뜨렸다. 그러나 제룡의 힘 또한 만만치 않았다. 기어코 반원을 뚫고 그의 가슴을 때려냈다.

쿠콰쾅—!

"됐… 헉!"

제룡은 다급한 외침을 뱉으며 재빨리 뒤로 물러섰다.

물러선 그의 양손에서 연기가 피어올랐다.

치이익—

반경인의 몸에 손을 댄 것치고는 무지막지한 피해였다.

제룡의 입에서 어이없다는 듯 웃음이 흘러나왔다.

"역시 같은 수법으로는 안 된다는 건가? 흐흐흐. 재밌군."

"크하하! 퍽도 재미있겠다. 현월의 기운이 몸속으로 퍼지기 전에 할 수 있는 공격은 다하는 것이 좋아."

'현월의 기운?'

제룡은 몸속을 빠르게 점검했다.

반경인이 그걸 놓칠 자가 아니었다.

기다렸다는 듯이 양손을 기이하게 겹쳤다가 뻗었다.

슈— 왁—!

"크하하하. 어리석은 늙은이!"

"마마반천수!"

지켜보던 백리풍은 기겁을 하며 적룡을 불러냈다.

"적룡아! 천마께선 손을 멈추세요!"

적룡은 반경인의 손에서 나온 기운과 부딪치지 않고, 제룡의 바로
앞에서 멈췄다.

쿠쾅—!

"……."

"……."

폭음이 가라앉고 반경인과 백리풍의 시선이 교차했다.

"삼황 중 삼극무황이군. 비록 반 쪽짜리에 불과하지만 말이야. 크크
큭."

삼황과 삼선의 무공은 각기 뚜렷한 성질을 지니고 있었다.

적룡을 알아본 반경인의 시선이 제룡에서 백리풍으로 옮겨졌다.

"……!"

한 번의 부딪침으로 백리풍은 전력이 모두 드러난 느낌이었다.

반면에 반경인은 점점 짜릿해지는 흥분에 입술을 혀로 핥았다.

"삼극무황의 진전을 얻었으나 완전하지 않은 노인과 어디 출신인지
도 모를 늙은이까지……. 큭큭큭. 사제를 만나지 않아도 충분한 소득
이 될 것 같군."

'사제?

백리풍은 자신이 잘못 들었나 싶었다.

"지금 사제라고 했느냐?"

"혈왕이라고 한다지, 아마? 적무극, 아주 착한 놈이야. 죽이기 위해

삼십 년을 소비해야 했을 만큼 아주 약삭빠른 놈이지. 크크큭.”

“그가 겨우 사제라고?”

백리풍은 좀 더 그와 적무극의 관계에 대해서 알고 싶었으나, 이미 머리끝까지 열받은 제룡이 가만히 두고 보질 않았다.

“뭐라고? 어디 출신인지도 모를 늙은이? 아주 죽여 달라고 통사정을 하는군! 흐흐흐.”

상단전을 연 상태에서 단 일 초를 막지 못할 줄은 몰랐다.

강기… 상단전에서 시작된 기운을 실처럼 풀어서 하나로 뭉친 다음, 그것을 다시 엮어서 더 큰 하나로 만든다. 그것이 진정한 강기였다.

“천마신공 최후 초식이다. 천마구궁연환(天魔九宮連環)!”

눈으로 보이는 공간에서는 어떤 힘이든 제어가 가능한 초식이었다.

제어 공간을 넓히기 위해 얼마나 노력했던가.

‘평생 처음으로 천마구궁연환을 펼쳐 볼 상대를 만날 줄이야. 그럼에도 막을지도 모른다는 이런 불안감이라니. 흐흐흐.’

쿠르릉—!

웅장한 기운이 제룡의 손에서 폭풍이 되어 퍼져 나갔다.

강.기. 폭.풍!

반경인과 제룡 사이에는 분명히 아무것도 없음에도 공간이 잘려 나가며 상처 입은 허공이 색깔로 번졌다.

제일 먼저 잘린 것은 반경인이 움직인 잔영이었고, 다음에는 그가 내보낸 현월의 기운이었으며, 마지막으로는 마마반천수의 열 가닥 빛이 제룡이 잘라낸 공간들과 부딪쳤다.

쾅—!

“……?”

백리풍은 분명히 엄청난 폭풍이 생길 줄 알았건만 두 사람의 공간에
는 아무런 변화가 없었다.

'호, 혹시…….'

아니길 바라며 한 가지 말도 안 되는 상상을 해버렸다.

제룡이 반경인의 힘을 먹는, 그래서 폭발조차 일어나지 않고 있는지
도 모른다는 생각.

백리풍은 은근히 발이 저려왔다.

둘의 싸움에 끼어들고 싶어 절로 몸이 반응하는 것이다.

제룡의 얼굴은 싸움이 시작된 지 얼마 지나지 않아 검게 그을린 상
태가 됐다. 아마도 반경인이 말하는 현월의 기운이 그의 몸을 잠식하
고 있다는 증거이리라.

백리풍이 나서길 망설이는 동안, 두 사람의 공간에는 이제 아무런
소리도 들리지 않았다.

第九章

화룡

“**부**탁합니다.”

비장한 어조에 북궁운혜는 호흡을 가다듬었다.

그녀가 과연 저들 셋이 있는 공간에 금이 가게 만들 수 있을지 의문
이 들었다.

쉭―

삼위성이 허공으로 솟구쳤다.

천상칠음 중 악성에게 사용했던 마지막 음파를 쏘아냈다.

백색 광채가 칠현금쇄에서 빠져나와 곧장 삼위성을 향해 날아갔다.
곧이어 삼위성이 빛을 뿌리며 두 빛이 엉켰다.

“지금이에요!”

부르르―

악성의 떨림이 멈추지 않았다.

천하의 제룡이 어떻게 되리란 상상은 하지도 않지만, 다가갈수록 떨림이 더욱 심해졌다.

북궁운혜에 의해 뚫려진 공간을 향해 무혼검을 넣으며 곧장 안으로 들어갔다.

"……!"

눈앞에 펼쳐진 광경.

과연 이것이 인간이 싸운 장소란 말인가?

지형 자체가 진흙으로 이루어지기라도 했는지, 사방이 온통 우둘투둘했다.

움푹 파인 도랑이며, 짓이겨진 흙더미며, 갈라져 버린 벽 등. 또다시 엄청난 폭음이 터졌다.

쿠콰— 아앙—!

"……!"

폭발의 여파로 인해 땅이 진동하며 허물을 벗는 것처럼 죽 밀려왔다.

"흡!"

악성은 무혼검으로 들린 땅을 가르면서 뒤를 돌아봤다.

무혼이 북궁운혜와 제제를 보호하는 모습이 보였다.

'서두르자.'

얼마나 빠르게 뛰는지, 심장의 감각이 느껴지지 않았다.

몇 발자국이나 움직였을까?

백리풍이 한 사람을 향해 양손을 펼친 채로 무릎까지 땅에 박혀 있는 모습이 눈에 들어왔다. 그의 공격을 받는 흑발청년은 곤혹스러운 표정으로 진땀을 흘리고 있었고, 마지막으로 제룡은… 검게 그을린 얼굴을 한 채 한 손으로 무릎을 감싸고 있었다.

“제 어르신!”

제룡의 고개가 순간적으로 치켜들었다.

“컥… 성… 오지 마!”

악성이 그 말을 들을 리 없었다.

한 발을 내딛는 것이 그렇게 힘든 줄 처음 알았다.

그들의 공간으로 다가갈수록 숨이 턱까지 차올랐다.

‘견딜 수 있다.’

왼쪽 가슴이 빽빽했다.

공격을 받지도 않은 상태에서 견디는 것만으로 심장이 붇는 것 같았다.

휘오오오오—

귀가 멍멍할 정도로 공기가 납작해졌다.

얼마나 압축된 공간이기에 이런 느낌을 줄 수 있는지…….

완전히 세 사람의 공간 속으로 들어가고 나서야 숨을 돌릴 수 있었다.

“후웁…….”

흐릿하던 모습도 이젠 확연히 보였다.

“애송이가 이 공간을 뚫고 들어올 줄은 몰랐구나. 이름이 뭐냐?”

반경인이었다.

말은 쉽게 하고 있지만, 악성이 다가오는 걸 뻔히 보면서도 따로 조치를 취하진 못했다.

백리풍은 악성을 보면서 속으로 생각했다.

‘천이가 왜 그런 말을 했는지 이제야 알겠구나.’

위지무와 담사우의 인기척을 그보다 먼저 알아차린 것이 이상해서 백리천을 찾아갔다.

"언제고 제 손으로 꺾고 싶은 자입니다."

백리천은 다른 말은 하지도 않았다. 그러나 그 말에 백리풍이 듣고 싶은 대답이 모두 들어 있었다. 더구나 눈으로 직접 확인하자, 제룡이 정말 대단한 사람이란 생각이 절로 들었다.

반경인은 제룡에 이어 백리풍까지 상대하느라 마마반천수를 연속으로 몇 번이나 펼쳤는지 몰랐다. 한 번만 사용해도 엄청난 진기의 소모가 따르는 절초다.

'한 번 더 펼치면 두 늙은이와 애송이까지 죽일 수 있다.'

그러나 만약 죽지 않는다면?

오히려 반경인 자신이 죽음으로 대가를 치러야 할 것이다.

망설일 수밖에 없었다.

'적무극… 사량겁화공을 익힌 두 놈을 보내서 나를 유인했던 거야. 화살을 내게 돌린 거겠지. 그것도 모르고 신나서 놀아준 꼴이라니……. 큭!'

반경인은 자조 섞인 웃음을 짓고는 말했다.

"여우 같은 놈의 잔꾀에 당해서 이 사형과 대사형을 볼 면목이 없게 됐군. 빨리 끝내자."

백리풍은 그의 말에 기함을 질렀다.

"뭣! 이 사형과 대사형이라고?"

"……!"

제룡 역시 반경인의 말에 허탈해지는 기분을 느꼈다.

대사형이라니…….

마마천황의 맥을 이은 사람이 혈왕과 반경인 말고도 더 있다는 뜻이 아닌가.

제룡은 일그러진 표정으로 되물었다.

"이 미친놈아, 너와 혈왕이란 놈 말고 사형제가 더 있었더냐?"

반경인은 당연하다는 듯이 말했다.

"크큭. 그놈과 나 외에? 비교할 수 없을 만큼 강한 두 사형께서 계시지."

"끄음…….'

"허…….'

제룡과 백리풍은 허탈한 신음을 질렀다.

웅웅웅─

'무슨 말인지 하나도 안 들린다.'

악성은 가까이 있으면서도 이명(耳鳴) 때문에 대화에 집중할 수 없었다. 그러나 말을 하지 않으면 서 있는 것조차 힘들 것 같아 억지로 반경인에게 물었다.

"한 가지만 묻겠소."

"……?"

반경인은 악성의 힘겨운 얼굴을 보며 비릿하게 웃었다.

"말해라."

"심장에 이상한 벌레를 키우는 녀석이 당신의 부하요?"

서융을 말하는 것이다.

반경인의 안색이 딱딱하게 굳었다.

"인형을 만났느… 심장에 벌레? 심장을 갈라봤다는 말이냐?"

악성은 힘겹게 고개를 끄덕였다.

"당신이었군, 제를 가둔 자가."

"제?"

"내게 아주 소중한 여인의 이름이지."

악성의 목소리가 분노로 딱딱하게 변해 있었다.

한쪽에서 지켜보던 제룡은 악성의 말에 웃음이 나왔다.

제제를 위해서 화를 내는 모습.

그가 애초에 바라던 모습이잖은가.

"호호호. 이놈아, 그런 말은 얼른 나가서 제에게나 실컷 안겨주어라. 이곳은 내가 마무리한다."

악성은 제룡의 장난기 어린 시선을 바라보며 고개를 저었다.

"어르신을 모시고 나가려면 저자를 제가 상대해야 할 것 같습니다."

"엥? 어림없는 소리! 네가 상대할 녀석이 아니다. 어서 나가!"

제룡의 강압적인 외침에도 악성은 전혀 굴하지 않고 당당하게 대답했다.

"저도 이젠 강기를 사용할 줄 압니다."

"뭐, 뭐라고?"

제룡은 얼굴을 확 일그러뜨렸다.

반경인은 강기 정도로 상대할 수 있는 괴물이 아니었다.

백리풍도 어이없는 얼굴로 악성을 돌아봤다.

그 역시도 반경인의 공격을 막을 수 있는 한계는 잘해봐야 한 번이나 두 번에 불과했다.

지금까지 제룡과 그가 쏘아낸 강기의 공격만 따져도 몇십 다발은 족히 넘었다. 그럼에도 불구하고 반경인을 쓰러뜨리지 못했는데, 겨우 강기를 사용할 줄 아는 것으로는 무리였다.

"무혼지주, 자네의 마음은 알겠네. 하나, 지금은 물러설 때야. 고집 부리지 말고 천마를 모시고 나가게. 내가 어떻게든 막아보도록 하지."

"아니요. 오히려 제가 부탁드리고 싶은 말씀입니다. 제 어르신을 모시고 피해주십시오."

"말 듣게!"

"저는 이미 할 말 다 했습니다."

악성은 더 이상 듣지 않겠다는 듯이 반경인을 향해 말했다.

"이봐, 그렇게 노려본다고 겁먹지 않아. 제를 납치하고, 어르신들을 괴롭히는 짓은 이제 그만둬."

"호, 대단한 자신감인데? 내가 이 둘을 혼자서 상대했다는 사실을 잊었나?"

"전혀."

"크크큭. 황당한 놈이군."

반경인은 말을 하면서 백리풍한테 향했던 몸을 악성에게로 돌려 세웠다.

'웃!'

아주 간단한 동작임에도 악성은 그의 키가 배는 커진 것처럼 느껴졌다. 그리고 그의 날개가 보였다. 등 뒤에서 일제히 뻗어 나오는 예사롭지 않은 기운들이 마치 날개처럼 보인 것이다.

그 기운을 보는 것만으로도 힘겨웠다.

"말 듣게. 저자가 사용하는 마마반천수는 삼황 중 마마천황의 무공일세. 평범하지 않은 것이야 이미 알 테고… 절대로 부딪쳐서는 안 된다는 걸 명심하게."

　백리풍은 그래도 안심이 안 되는지, 다시 자세한 설명을 전음으로 전해주었다.

　"막는다는 생각을 하는 순간, 이미 저자의 마마반천수가 자네의 심장을 뚫을 것이니."

　부딪쳐선 안 된다는 백리풍의 황당한 충고를 확인이라도 시켜줄 요량인지, 반경인은 양손을 들어올렸다.

　반투명한 검은색 빛이 열 손가락으로 퍼졌다.

　그가 펼치는 무공을 마마반천수라고 하는 모양이었다.

　악성은 손을 보지 않았다. 그의 등 뒤에서 넘실거리는 기운에 모든 신경이 가 있기 때문이다.

　'뭐지? 왜 두 분은 저자의 손에만 시선을 두고 있지?'

　의아한 생각이 들었다. 그러나 생각은 더 이어지지 못했다. 그의 등 뒤에서 넘실거리던 기운이 급격하게 굽이치는 걸 느꼈기 때문이다.

　안색을 굳히고 방어 자세를 취했다.

　훅—

　'온다!'

　되는 대로 급하게 몸을 비켜 세웠다.

　공격 방향은 그의 양손을 보고 판단했다.

　몸을 회전시키며 옆으로 두 걸음 피했다.

　피한 자리에서 잘 반죽된 밀가루를 찌르는 소리가 들렸다.

　퓨풋—

　"……!"

　파여진 구멍은 단순한 구멍이 아니었다.

공격은 계속됐다.

놀란 눈의 악성이 방어를 하기도 전에 땅을 일으켜 세우는 것이 아 닌가.

쿠콰콰콰―!

"헛!"

헛바람을 삼키며 덮쳐 오는 땅을 향해 무혼검을 휘둘렀다.

화웃―!

잘라낸 공간 틈으로 그의 놀란 눈이 보였다.

"……!"

그는 눈으로 보면서도 믿을 수가 없었다.

갓 스물을 넘긴 애송이가 그의 마마반천수를 피한 것이다, 그것도 미처 펼쳐지기도 전에.

'아니겠지. 저런 애송이가 설마 마마반천수가 펼쳐지기도 전에 느꼈 을 리가 없다.'

인정하고 싶지 않았다.

"이번에도 피할 수 있는지 보자."

분명히 그의 입에서 피했다는 말이 나왔다.

"……!"

한쪽에서 지켜보던 제룡이 갑자기 커다란 소리로 웃어 젖혔다.

"푸하하하! 녀석아, 보였느냐?"

악성은 반경인의 손을 주시하면서 긴장을 늦추지 않고 대답했다. 그 러나 시선을 떼지는 않았다.

"예, 아니… 느껴졌습니다."

‘느꼈다고? 보는 것이 아니라, 느꼈다고? 흐흐흐.’

제룡은 웃음이 도저히 멈춰지지 않았다. 그러나 함께 들은 백리풍의 얼굴은 일그러졌다. 두 사람의 선문답 같은 대화가 말도 안 되는 한 가지 가정을 생각하게 만들었기 때문이다.

‘느꼈다고? 어처구니없는 놈. 나조차 열 개 중 두 개를 놓친 공격을 태연하게 느꼈다?’

그나 제룡이 당한 것을 악성이 피했다는 것 자체가 마음에 들지 않았다. 무엇보다 백리천과 자꾸만 비교를 하게 만드는 것이 싫었다.

반경인은 싸움을 끝내려고 마음먹었는지, 빠르게 거리를 좁혀들며 전신을 움직였다.

백리풍은 가슴이 철렁 내려앉았다.

“저건……..”

빡—!

백리풍의 예상이 맞았다는 걸 증명하듯이, 경쾌한 타격음과 함께 날아간 악성은 긴 궤적을 그리며 땅에 처박혔다.

퍽—!

마마반천수 대신에 현월의 기운을 몸에 싣고서 일 대 일 박투를 벌이겠다는 속셈이었다.

말릴 사이도 없이 백리풍의 귀에 ‘쉭’ 하는 소리가 들렸다.

제룡이 악성의 모습을 보다 못해 공격을 가한 것이다.

“천마께선 아직 안정을……..”

제룡은 날아가면서 슬쩍 백리풍을 돌아봤다.

“백리 천주, 당신의 아들이 당했어도 똑같은 말을 할 테요?”

“그, 그런……..”

백리풍은 어금니를 깨물며 주먹을 쥐었다.

제룡이 반경인의 등을 천마십이식으로 내려치는 모습이 보였다.

"적룡비행!"

쐐— 엑—!

적룡의 형상을 한 강기가 빠르게 반경인을 공격했다.

제룡의 천마십이식과 반경인의 마마반천수가 격돌했다.

쿠콰—!

제룡의 공격에 가려져 뒤늦게 적룡들을 발견했을 텐데도 반경인은 여유있게 적룡들을 하나하나 잘라 버렸다.

쩔— 륵—!

마마반천수의 힘이 실린 그의 손은 이미 검으로 변해 있었다.

적룡들은 비행할 틈도 없이 몸통이 잘린 채로 떨어져 나갔다.

"크하하하! 그 정도의 공격에는 눈썹 하나 까딱하지 않는다. 장난은 조금 전까지 한 걸로 만족해라. 더 없으면, 저 애송이는 이제 죽는다."

쉭—

말이 끝남과 동시에 그의 신형은 어느새 쓰러진 악성의 곁으로 가 있었다.

제룡은 이를 악물고 소리쳤다.

"성아, 피해라!"

그러나 반경인의 공격을 막기에는 역부족이었다. 몸만 완전했다면 당장이라도 막을 수 있었겠지만, 제룡의 몸은 정상이 아니었다.

백리풍은 제룡을 따라 움직이다가 이내 속도를 멈췄다.

악성이 죽으면 다음 공격은 그한테로 향할 것이다.

대비를 해야 했다.

그러나 어느새 일어난 악성이 반경인의 주먹을 향해 손을 뻗는 모습이 보였다.

"이런!"

줄이려던 생각을 멈추고 전력을 다해 움직였다.

쉭—

쾅—!

"……?"

경쾌한 타격음이 들릴 것이라고 생각했는지 백리풍은 굉음이 들려온 곳을 황당한 표정으로 바라봤다.

악성이 나가떨어지긴 했지만, 반경인의 공격을 막고 난 후에 날아가고 있었다. 조금 전과 같이 그냥 맞은 것이 아니라, 분명히 막았다.

백리풍의 인자한 얼굴은 어느새 사라지고 없었다.

'막았다고? 저 공격을 막았다고?'

주르륵 밀려나던 악성이 아직은 괜찮다는 표정을 하자, 쓴웃음을 짓고 말았다.

악성을 독려하는 제륭의 음성이 그의 귀에 들렸다.

"잘했다."

제륭은 말을 마치고는 이글이글 타오르는 시선으로 반경인의 눈을 똑바로 쳐다봤다.

"귀찮은 늙은이들, 먼저 죽여주지."

반경인의 낯빛이 차가워지자, 제륭이 먼저 선공을 펼쳤다.

"호호호. 그게 어디 마음대로 될까? 천마섬전칠격!"

콰웃— 콰콰콰—!

제륭의 양손이 휘둘러지며 거친 소리를 냈다.

그 뒤로 곧장 적룡이 날아가며 제룡의 공격에 힘을 보태주었다.

"크크큭. 현월의 기운이 담긴 마마반천수는 무적이다!"

반경인의 손에서 열 개의 빛이 제각각 뿌려졌고, 공격 후의 결과를 지켜보던 전과 달리, 신형을 무서운 속도로 움직였다.

"헉, 뭐냐!"

제룡은 급하게 헛바람을 들이마셨다.

백리풍이 반경인의 의도를 알아차리고 크게 소리쳤다.

"마마반천수와 박투를 한꺼번에 펼치려는 수법입니다. 두 힘을 분리시켜 사용하다니……!"

두 사람은 더 이상 의견을 교환할 시간이 없었다.

소리보다 빠른 반경인의 마마반천수가 코앞까지 다가왔다.

쿠콰콰─!

굉음이 날 때마다 상단전은 비어 있다고 난리를 쳤고, 몸은 무거워져서 허공에 떠 있는 것도 힘들었다.

백리풍도 제룡과 과히 다르지 않은 상태였다.

두 사람이 마마반천수를 막는 동안, 악성을 직접 처리하겠다는 의지의 표현이리라.

"천마께선 무혼지주를 도와주도록 하시지요. 이곳은 제가 막아보도록 하겠습니다. 적룡아… 적룡비행!"

전력을 다한 그의 적각들이 층을 이루며 마마반천수의 영역을 감싸기 시작했다.

제룡이라고 악성을 도와주고 싶지 않을까.

'여기서 내가 몸을 빼내면 백리 천주는 죽는다.'

현월의 기운에 잠식되어 진기도 끌어올리기 쉽지 않은 상태에서 악성을 돕는다는 건 불가능에 가까웠다.

*   *   *

악성과 북궁운혜가 있던 장소에 도착한 위지무는 쓰러져 있는 철완을 발견하고 놀라서 달려갔다.

"구유대제님!"

삼마군은 별다른 표정을 짓진 않았으나, 북궁악과 단소동의 얼굴은 딱딱하게 굳었다.

철완은 백리풍도 인정한 고수가 아닌가.

제릉과 백리풍이 급작스럽게 움직이는 바람에 흔적을 쫓고 있는 중이었다.

소소마군은 주위를 둘러본 후 위지무에게 명령을 내렸다.

"위지 각주는 구유대제를 모시고 정천으로 가라."

삼마군은 당연히 북궁악이나 단소동이 챙길 줄 알았으나, 두 사람은 아무도 나서지 않자 어쩔 수 없이 위지무를 시키고 말았다.

화들짝 놀란 위지무가 다급히 외쳤다.

"예? 소소마군님, 저도 동행하겠습니다!"

"백리 천주께서 구유대제를 이곳에 두고 어디론가 갔다면, 구유대제를 챙기는 일보다 급한 일이 생겼다는 의미이다. 헛소리하지 말고 내 말대로 해라."

"……."

위지무는 악성과 제제가 걱정되어 참지 못하고 나왔다가 삼마군의 눈에 걸려 동행하게 됐다. 또다시 돌아갈 생각을 하자, 발이 떨어지질 않았다.

이내 힘 빠진 목소리로 대답했다.

"알겠습니다."

소소마군이 철완을 업고 돌아서려는 위지무를 멈춰 세웠다.

"잠깐. 탑탑, 자네가 함께 가주게나. 아무래도 안심이 되질 않으니."

"내가?"

"자네가 가장 든든하잖은가. 주군을 찾는 대로 돌아가겠네."

탑탑마군은 헛기침을 크게 뱉고는 돌아섰다.

삼마군 중 한 명이 돌아간다면 북궁악과 단소동 중에 한 명도 돌아가는 것이 나았다.

단소동이 북궁악을 향해 말했다.

"북궁 부주……."

북궁악은 말하지 않아도 이미 단소동의 뜻을 알고 있었다.

"그렇게 하시지요."

"그럼, 나중에 봅시다."

막 움직이려던 소소마군이 놀란 눈으로 북궁악을 불렀다.

그가 함께 움직이는 아니라, 엉뚱한 방향으로 몸을 틀었기 때문이었다.

"천검 부주, 따로 움직일 요량이시오?"

그의 대답은 짧았다.

"그렇소."

"……"

악성은 욱신거리는 어깨를 쓰다듬으며 반경인의 공격이 어디를 노릴지 생각했다. 그러나 탁휘룡의 공격을 막기 위해 사용했던 힘 외에는 그를 상대할 방법이 떠오르지 않았다.

반경인은 자신이 다가갈 때까지 악성이 아무런 자세도 취하지 않자, 현월의 기운을 주먹에 몰았다.

'도대체 저놈은 뭐냐!'

스스슷―

그의 등 뒤에 있던 기운들이 삽시간에 모여들었다.

악성은 바짝 타 들어가는 속과 달리, 큰 소리로 외쳤다.

"꺼져 버려!"

후아악―!

심장에서 시작된 분노가 왼손으로 전해진 것은 순식간이었다.

반경인의 주먹을 향해 '뚫을 수 있다' 고 속으로 계속해서 외치며 내뻗었다.

웅웅웅―

악성의 마음을 알았는지, 천마환이 울었다.

'웅?'

반경인은 신경 거슬리는 음향에 악성을 쳐다봤으나, 어디에도 무혼검 외에는 무기가 보이지 않았다.

'멍청한 놈. 내가 주먹을 사용한다고 너도 주먹을 사용하겠다고? 크하하하.'

악성의 죽음을 전혀 의심하지 않았다.

막대한 진기를 소모하면서까지 제룡과 백리풍한테 마마반천수를 날린 이유는, 당분간 두 사람을 꼼짝도 못하게 할 생각이었기 때문이다.

그 때문에 칠 할 가까운 힘을 버려야 하지 않았는가.

그런 노력을 하게 한 대가는 치러야 한다. 지친 두 사람이 오기 전까지 남은 삼 할의 힘을 사용하면 악성을 충분히 죽일 수 있다고 자신했다.

악성이 천마환의 힘을 한 번이라도 사용했다면 반경인은 결코 욕심을 부리지 못했을 것이다.

그의 주먹과 악성의 주먹이 맞부딪쳤다.

쩡―!

"……!"

뭉개져도 하나 이상할 것 없는 악성의 주먹이 반경인의 얼굴을 일그러뜨리며 황당한 표정을 짓게 만들었다.

"으아아아아!"

비명인지, 악을 쓰는 것인지 모를 고함이 악성의 입에 나왔다.

그러나 왼손을 빼거나, 피할 생각은 없어 보였다. 아니, 오히려 더욱 공격적으로 왼손을 내밀었다.

'이이… 지, 지금 내 주먹을 이 애송이가 막은 건가?

반경인은 허공에 뜬 채로 망연자실한 표정을 풀지 못했다.

악성이 그의 주먹을 감싼 현월의 기운에 전혀 잠식되지 않을 뿐만 아니라, 오히려 밀어내는 것이 아닌가.

반경인이 어떻게 느끼든 악성은 힘을 주면 줄수록 엄청난 무게가 어깨를 짓눌러 와서 괴로웠다.

"으아아아아!"

다시 한 번 비명을 질렀다.

뚫고 싶었다. 저 엄청난 위력을 지닌 반경인의 주먹을 뚫어버리고 싶었다. 등 뒤에서 뻗어 나와 그의 주먹을 감싸는 거대한 비늘을, 저 빛 덩어리를 뚫어버리고 싶었다.

악성의 의지가 전달되자, 이미 통제할 범위가 넘어가 버린 심장이 꿈틀댔다.

피의 순환이 빨라지며 심장을 통해서 나온 기운이 일제히 왼손으로 전해졌다. 그러자 천마환에서 나온 회색 빛무리가 변형되기 시작했다.

스스슷―

힘을 받는 범위가 작으면 작을수록 유리하다는 건 진리.

악성의 의지를 읽은 것처럼 회색 빛무리는 좀 더 볼록하게, 좀 더 둥글게 변해갔다. 집중된 반경인의 힘을 받는 면적이 점점 작아졌다.

평평한 주먹으로 중지를 살짝 들어올린 주먹을 내려치면, 평평한 주먹이 깨지고 만다. 같은 이치였다.

'검이었다면…….'

뾰족한 검끝으로 반경인의 주먹을 막았다면 벌써 깨뜨렸을 텐데, 좀 더 날카로운 형태였다면 제제가 당했던 것을 그대로 돌려줄 수 있을 텐데…….

틱―

"……?"

"……?"

기묘한 소리가 두 사람의 머릿속을 깨웠다.

반경인은 현월의 기운에 금이 가는 소리에 놀랐고, 깰 수 있다는 가능성을 느낀 악성은 더 더욱 왼손에 힘을 주었다.

아무리 의지가 강하다 해도 몸이 따라줘야 할 것 아닌가.

이미 악성의 심장은 할 수 있는 모든 기능을 다 사용하고 있었다. 거기에 또다시 요구를 하니, 심장이 견뎌낼 리가 없었다.

악성의 머릿속을 울리는 또 다른 음향.

팍—

'……!'

왼쪽 가슴이 허전해졌다.

심장이 견뎌내질 못하니, 왼손을 감싸고 있던 회색 빛이 급격히 사라지고 말았다.

'아아……!'

악성의 안색이 창백하게 변하는 반면에 반경인은 웃음이 번지며 독랄한 표정을 지었다.

'조금만 버티면 됐는데… 조금만 더…….'

그러나 악성의 생각은 이어지지 못했다.

반경인의 주먹이 심장을 강하게 때렸다.

쾅—!

"컥!"

네 사람의 기운이 폭발하고 서로 엉켜 있는 공간.

그곳은 이미 하나의 유기체였다.

때론 넓어지고, 때론 깊어지는 형태로 변화하며 땅을 평평하게 만들거나, 거대한 웅덩이로 만들어갔다.

"천마 제룡에 백리 천주님, 거기에 악 공자님까지… 세 사람을 한꺼번에 상대할 자가 있다는 사실이 믿어지나요, 제 소저?"

"…아니, 그런 자는 없어."

북궁운혜는 쓴웃음을 지었다.

그때, 그들의 공간에서 무언가가 날아왔다.

핏―

"……?"

의아한 눈으로 바라보던 제제가 일어서려 하자, 북궁운혜가 그녀의 앞을 가로막으며 손을 퉁겼다.

"조심하세요."

"……?"

땅―

칠현금쇄에서 빠져나온 음이 땅속으로 파고든 무언가를 슬쩍 건드렸다.

쾅―!

"……!"

엄청난 폭음이 터졌다.

"응집된 기가 떨어져 나온 거예요."

"……!"

저 공간에서 얼마나 강한 기의 응집이 일어나고 있으면 저런 현상이 일어나는가.

제제는 무심결에 한마디 던졌다.

"괜찮을 거야. 저 사람, 그래 봬도 자신없는 일에는 나서지 않아. 지금까지 그랬다구. 호호호."

웃음소리가 살짝 떨렸다.

북궁운혜는 가만히 제제를 돌아봤다.

"…부러워요."

"뭐가?"

엉뚱한 북궁운혜의 대답에 제제는 인상을 찌푸렸다.

"제 소저가 괜찮으면 악 공자님도 괜찮으실 테니까요."

"……?"

감정을 말하는 것이다.

제제의 말대로 걱정을 끼칠 사람은 아니니까.

물먹은 주머니가 팽팽하게 부풀어 오르면 조금만 힘을 가해도 터지기 마련이다. 다른 곳도 아니고, 악성의 진원지기나 마찬가지인 심장에 충격이 가해졌으니 온전할 리가 없었다.

엎친 데 겹친 격이라 했다.

날아가는 악성을 향해 빠르게 다가오는 인영이 있었다.

하늘을 향해 있는 악성의 눈에 온몸을 하얀색 천으로 감싼 괴인이 보였다. 눈동자만 아래로 내려서 반경인을 쳐다봤으나, 그도 모르는 사람 같았다.

일단은 그의 무자비하게 올라간 양손을 피하는 것이 급선무였다. 몸을 뒤집어 등으로 공격을 받기로 했다.

악성의 눈이 아래로 향해 돌아갈 때, 괴인의 양손으로 뛰어드는 또 다른 인영이 있었다.

쉭—

쾅—!

'……?'

악성은 요란한 소리를 들었으나 몸에 가해지는 충격이 없자, 고개를 뒤로 돌리려 했다. 그러나 그 정도로 몸이 자유로울 정도였으면 다치지도 않았을 것이다.

“윽!”

고개 돌리는 것을 포기하고 그대로 날아가 처박혔다.

막 땅과 충돌을 일으키려 하는 순간, 몸을 받쳐 드는 손이 느껴졌다.

‘누구… 무혼?’

깜짝 놀라 눈동자가 커졌다.

무표정한 무혼이 악성을 가슴에 안고 가만히 내려놓았다.

반경인의 목소리가 들렸다.

“저건 또 뭐냐!”

괴인은 반경인이 말하기 전에 움직였다.

무혼은 악성을 감싸 안은 채로 가만히 지켜만 봤다.

괴인의 무차별 구타가 시작됐다.

퍽—!

주먹으로 머리를 때리는 것부터 해서 무혼의 전신을 자근자근 밟아 댔다.

악성은 소리를 들으며 심장이 터질 것 같은 분노를 느꼈다.

그러나 움직일 수 없었다. 너무 안타까워 자신을 감싸 안은 무혼을 밀어내려 했다. 이 정도라면 심장도 알아서 뛰어줘야 하는 거 아닌가 말이다.

‘맞다, 천마환!’

왼손을 들어 무혼의 가슴에 댔다.

다행히도 무혼이 입고 있는 옷 때문에 어느 정도는 견딜 수 있을 것 같았다.

“큭. 크하하! 그만.”

반경인이 명령을 내리고도 괴인의 동작은 두세 번 이어지고 나서야 멈췄다.

깍―!

'……?'

마치 바위를 맨손으로 때린 것처럼 속이 꽉 찬 소리가 들렸다.

어떤 상황인지 볼 수 없었으나, 무혼이 아직은 괜찮아 보였다.

'다행이다. 빨리 치료를 해줘야 할 텐데…….'

그때, 반가운 목소리가 악성의 귀에 들렸다.

"흐흐흐. 처음에 봤을 때 죽였어야 했어."

백리풍도 한마디 거들었다.

"천마와 나를 이토록 애먹일 자가 있다는 사실만으로도 충분히 놀랍다."

악성의 곁으로 내려선 두 사람의 모습은 말이 아니었다.

반경인의 마지막 공격이 얼마나 대단했는지 알 수 있었다.

제룡이 다시 말했다.

"혼자서 충분하다고 큰소리치더니, 고작 그릇이 그것밖에 안 되느냐?"

반경인은 괴인에게서 두루마리 하나를 건네받은 후였다.

백리풍은 괴인을 묘한 눈으로 살폈다.

'일체의 감정이 느껴지지 않는다.'

두루마리 내용을 다 읽은 반경인의 얼굴이 굳어 있었다.

"크크큭. 내가 이렇게 될 줄 알았다구? 적무극, 그 자식의 술수에 휘말릴 줄 알았단 말이지? 저런 것 따위를 보내서……."

'저런 것? 혹시 강시?'

반경인의 이 사형인, 마엽이 보낸 백왕이었다.

백리풍은 더 이상 그를 상대할 여력이 없었다. 제룡 역시 마찬가지의 상태였다. 아니, 제룡은 그보다 훨씬 엄중한 내상을 입고 있는 상태였다.

반경인이 분을 참지 못하겠는지, 한마디 더 했다.

"크크큭. 정말이지 이놈이고, 저놈이고 나를 놀라게 하려고 준비한 놈들 같구나. 내 전력의 칠 할이 담긴 마마반천수를 두 늙은이가 막질 않나, 삼 할이 담긴 주먹을 저런 애송이가 막질 않나……."

빠드득—

전력을 다한 후라 현월의 기운을 채우기 전까지는 백왕을 부려야 하지만, 그의 명령에 따를 백왕이 아니었다.

그는 이를 악물었다. 한 수면 죽일 수 있는 세 명을 두고 가야 하는 황당한 상황이 마음에 들지 않았다.

"다음… 다음에는 지금과 같은 기적은 없을 것이다."

백왕이 길을 안내하려는지, 먼저 돌아섰다.

그가 두루마리의 내용을 읽고, 제룡과 백리풍과 대화를 나눈 시간은 짧았다. 그러나 이대로 그냥 보내는 것을 인정할 수 없는 사람에게는 아주 적당한 시간이었다.

악성은 무혼을 불러 왼손에 등을 갖다 대도록 만들었고, 심장이 터지더라도 어쩔 수 없다는 생각으로 거대한 눈을 불러내며, 천마환에 의지를 닿게 했다.

그 결과는 무혼검을 쥔 손을 움찔거릴 수 있게 해주었다.

지금까지 악성은 눈을 통해서 추경과 패륵의 정수리를 관통했다고 생각해 왔다. 실제로 극한의 상황이 아니면 잘 사용하지 않았기 때문에 그런 착각을 해온 것이다.

악성이 의지를 일으키면 원하는 힘만큼의 피를 심장이 알아서 순환시켜 준 탓일 수도 있었다. 목표를 바라보기만 하면 심장이 필요한 힘을 만들어주었으니까.

'무혼, 동시에 움직인다.'

눈으로 반경인을 바라보며 백왕을 무혼이 맡도록 생각했다.

아마도 악성의 그런 눈을 백리풍은 분노라고 여긴 모양이었다.

어깨를 두드리며 전음을 보내주었다.

"너무 억울해하지 말게나."

악성은 입을 열 상태가 아니기에 고개를 저었다.

비키라는 의미였다. 그러나 백리풍이 또다시 전음을 보내왔다.

"천마께선 지금 정상이 아닐세. 물론 나도 마찬가지지. 자네가 저자를 죽이고 싶은 마음은 알지만, 그건 천마께 목숨을 버리라고 강요하는 것과 마찬가지일세."

"……!"

악성은 제룡의 상태가 심각하다는 건 알고 있었지만, 그 정도일 줄은 몰랐다.

'그래도 용서할 수 없어!'

반경인의 웃는 낯짝을 향해 오른손을 움찔거리며, 속에서 끓어오르는 분노를 폭발시키고 말았다. 기다렸다는 듯이 무혼도 백왕을 향해 날아갔다.

"……!"

백리풍은 황당한 눈으로 악성을 쳐다봤다.

그때, 악성의 손에서 무언가가 번쩍거린 것을 보게 됐다.

그 빛은 곧장 반경인을 향해 쏟아져 갔다.

'저건 뭐지?'

반경인과 백왕이 아직 눈치채지 못하고 있었다.

'어쩌면…….'

백리풍은 자신도 모르게 기대를 하게 됐다.

그러나 백왕의 능력은 상상 이상이었다.

돌아서는 것과 동시에 반경인의 앞까지 죽 밀려 나와 무혼의 공격이 허공을 가르게 만들었고, 반경인을 향해 날아가던 악성의 공격도 백왕이 맞고 말았다.

퍽—

'됐다!'

악성은 성공했다는 생각에 고통을 잊어버렸다. 추경과 패륵도 저 정도의 느낌밖에 없었기 때문에, 기대에 찬 눈으로 백왕이 비켜서길 기다렸다.

그러나 무혼이 공격에 실패를 하고 돌아올 때까지도 백왕은 비켜서지 않았다. 오히려 멀쩡하게 돌아서서 반경인을 보호하며 유유히 사라졌다.

'……!'

강시의 내부가 엉망이 됐다고 해서 움직이는데 지장이 있을 리 없었다.

악성은 떠나가는 그들을 보면서 고개를 젓고 말았다.

백리풍이 다가와 어깨를 두드렸다.

"그만하면 됐네."

스르륵—

부들부들 떨리는 몸으로 또다시 일어서려 하는 악성의 혼혈을 점한 것이다.

백리풍은 숨을 크게 내쉬었다.

"천마께선……."

"웩……!"

털썩.

제룡은 벌써 쓰러져도 하나 이상할 것 없는 상태였다.

한 움큼의 피를 뱉어내고는 그대로 혼절하고 말았다.

갑자기 환해지는 공간을 보고서 제제와 북궁운혜는 서로를 마주 보았다.

"저, 저……."

"……."

제제가 먼저 신형을 날렸다. 그러나 채 몇 발자국도 가기 전에 멈춰야 했다.

"할아버지… 악성……. 뭐야, 어, 어떻게 된 거야……."

떨리는 목소리로 눈망울을 마구 떨며 손으로 입을 막았다.

북궁운혜가 다가와 어깨를 잡아주지 않았으면 어쩔 줄 몰라 울었을지도 몰랐다.

"괜찮아요. 저 여자는 아직 멀쩡하잖아요."

무혼이 악성을 안고서 걸어나왔고, 백리풍이 제룡을 업고 있었다. 제제도 들은 기억이 났다, 악성이 죽으면 무혼도 한 구의 시체로 돌아가서 주인이 나타날 때까지 영구 수면을 취한다고.

제제는 그제야 악성이 죽지 않았다는 것을 알았다.

툭—

"……?"

반경인은 무의식 중에 고개를 돌렸다.

현월의 기운이 모두 빠져나가 그의 얼굴은 창백해져 있었다.

머리털도 듬성듬성 백발처럼 변했다.

백왕의 몸에서 떨어져 나온 조각을 보곤 그의 눈이 커졌다.

"저건… 조금 전에……."

악성의 마지막 공격을 기억하고 있었다.

백왕이 막지 않았으면 무방비 상태의 그가 맞고 말았을 것이다.

별것 아니라고 대수롭지 않게 여길 수 있었던 것은, 백왕이 공격을 대신 맞고서도 아무렇지 않았기 때문이다.

멀쩡하던 백왕이 갑자기 휘청거렸다.

"뭐냐."

신법을 펼치던 괴인이 중심을 잡지 못하고 그대로 절벽에 몸을 들이받았다.

쾅—!

"……!"

악성의 공격은 실패한 것이 아니었던 것이다.

당황한 반경인은 괴인의 곁으로 가서 누웠다.

조금이라도 힘을 보완하지 않으면 안 된다는 생각에 호흡을 조절하며 기를 감추었다.

'겨우 두 늙은이를 죽이지도 못할 실력이었던가. 크크큭. 착각이었구나. 나, 반경인이 이런 생각을 하게 될 줄 누가 알았을까. 다시 돌아

온다. 그때는 반드시 죽여주마!'

분노를 삭이며 달이 떠오르길 기다렸다.

그러나 그에게는 영원히 그런 기회는 오지 않게 됐다.

슷─

일남일녀가 허공을 밟으며 내려왔다.

'큭!'

반경인의 낯빛이 사색이 됐다.

이들 둘은 우연히 그를 발견한 것이 아니었다.

직감적으로 이전의 싸움을 지켜봤다는 것을 깨달았다.

남자는 이십대 후반으로 보이는 준수한 외모의 미남이었고, 여인은 갓 스물이나 됐을 것 같은 귀여움을 지니고 있었다.

여인이 먼저 앙증맞은 음성으로 말했다.

"승랑."

남자는 고개를 끄덕이면서도 내키지 않는 표정을 지었다.

"어서요."

재촉하는 여인의 손짓에 결심을 한 듯이 보였다.

"내 이름은 단목천승(端木天勝)이오. 다친 사람을 공격하는 것은 비겁하기 짝이 없지만, 악인을 제거한다는 천명으로 여기고 손을 쓰겠소."

목소리에는 강직함이 흐르고 있었다.

여인이 갑자기 흐드러지게 웃었다.

"까르르. 가히 진의맹주다운 말씀이세요."

그녀의 한마디에 단목천승의 눈이 활활 타올랐다.

반경인에게 필요한 건 시간이었다. 뭐라고 지껄이든 오로지 현월의 기운을 모으는데 집중했다.

　'단순하기 이를 데 없는 놈! 조금만, 조금만 시간을 다오.'

　현월강기로 몸을 보호할 만큼의 시간만 벌면 된다. 두 남녀의 재수 없는 행각이 좀 더 이어지길 바라는 마음으로, 일부러 아무런 대답을 하지 않았다.

　그것이 실수였던 모양이다.

　그를 향해 단목천승의 두꺼운 팔이 올려졌다.

　스스슷―

　'헉! 이이… 저런 버러지들의 손에 죽을 수……!'

　그의 눈을 확 밝혀오는 빛!

　분명히 이기어검이었다.

　양손을 바둥거리며 백왕의 팔을 잡아끌었다.

　"뭐해, 막아!"

　백왕의 손이 빛과 마주쳤다.

　팍―

　'어?'

　빛은 백왕의 손을 투과한 후 곧바로 그의 가슴으로 달려들었다.

　"컥!"

　순식간에 뚫린 가슴을 멍한 시선으로 바라보았다.

　피도 흐르지 않는 가슴.

　불같은 고통이 그를 나락으로 떨어뜨리는 것과 동시에 피가 흘러나왔다.

　'이런 개 같은……!'

　그가 이승에서 할 수 있는 마지막 생각이었다.

백왕은 뚫려 버린 손은 전혀 개의치 않고 전신을 감싸고 있는 하얀 천을 모두 풀었다.

그때, 여인이 단목천승을 말리며 누군가를 불렀다.

"승랑, 잠시만요. 화룡, 나와!"

하얀 천을 휘날리는 백왕의 뒤쪽 벽이 물러지며 그 안에서 붉은 인영이 모습을 드러냈다.

백왕은 신형을 멈추고 뒤를 돌아봤다.

"까르르. 진랑, 화룡도 당신처럼 일 수에 죽일 수 있을까요?"

일부러 드러내지 않아도 자연스럽게 흘러나오는 살기.

이제는 익숙해져서 오히려 그런 모습이 욕정을 자극하곤 했다.

"이기어검에 맞고도 주먹 두 개만한 구멍을 내는 육체를 가진 자요. 그런 자가 데리고 있는 강시라면, 당신의 화룡 못지않겠지."

"정말 그럴까요? 보면 알겠죠, 뭐."

여인의 눈이 호기심으로 가득 찼다.

『일위강』 4권에 계속

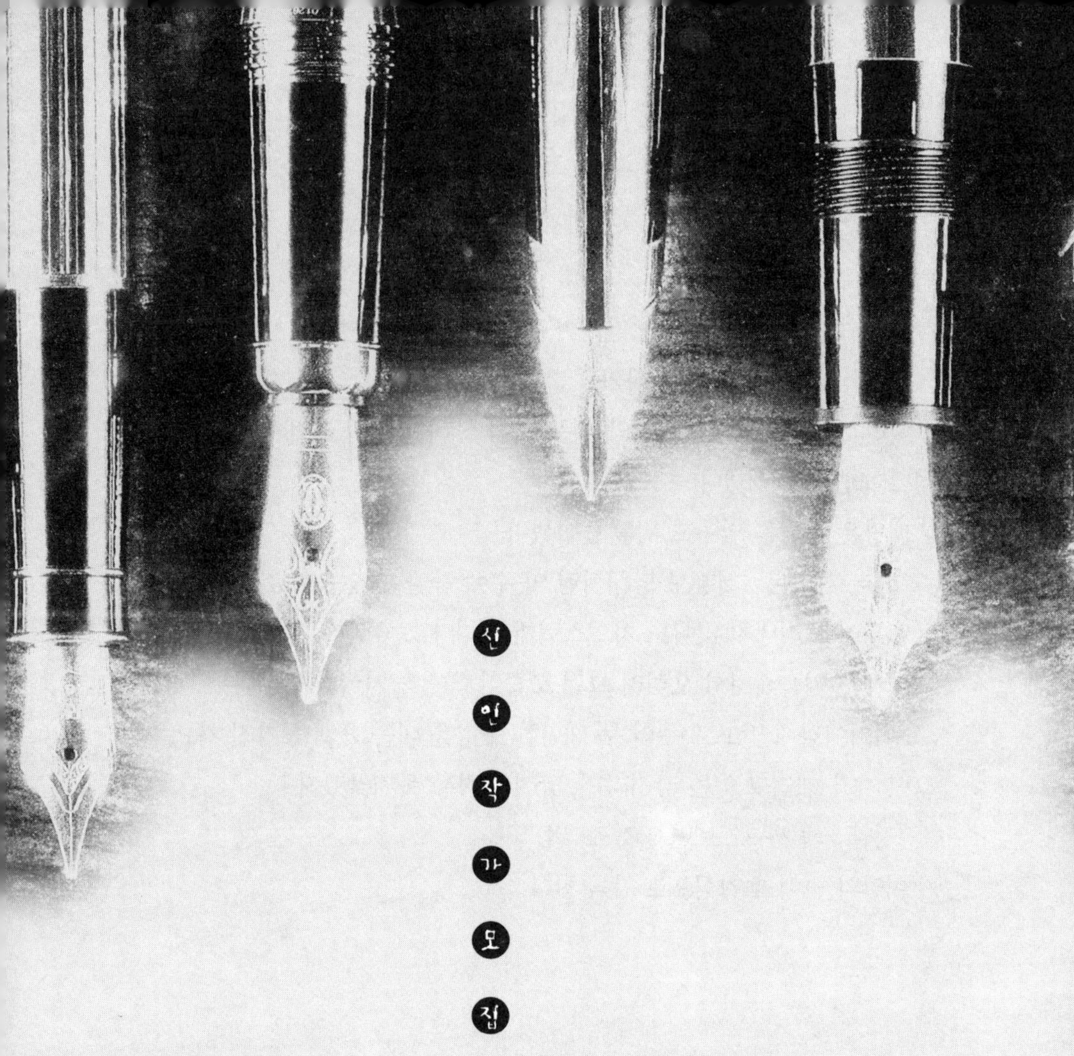

신
인
작
가
모
집

시작이 반이라고 했습니다.
작가의 길에 대한 보이지 않는 벽을 과감히 깨뜨리십시오!
청어람은 작가 지망생 여러분들의
멋진 방향타가 되어드리겠습니다.

저희 도서출판 청어람에서는
소설 신인 작가분들을 모집합니다.
판타지와 무협을 사랑하시는 분들의 많은 참여를 바랍니다.
소정의 원고(A4용지 150매)를 메일이나 우편으로 보내주시면
검토 후 출판 여부를 알려드리겠습니다.

주소:경기도 부천시 원미구 심곡1동 350-1 남성B/D 3F 우편번호420-011
TEL:032-656-4452 · FAX:032-656-4453
http://www.chungeoram.com
e-mail:chungeoram@chungeoram.com